Frank Bonkowski ✳ Thomas Klappstein ✳ Mickey Wiese

WEIHNACHTSWUNDERZEIT

Kleine Geschichten zum großen Fest

AF236306

Frank Bonkowski ✳ Thomas Klappstein ✳ Mickey Wiese

WEIHNACHTSWUNDERZEIT

Kleine Geschichten zum großen Fest

TRIO INFERNALE EDITION

Bibliografische Information der Deutschen Nationalbibliothek:
Die Deutsche Nationalbibliothek verzeichnet diese Publikation
In der Deutschen Nationalbibliografie; detaillierte bibliografische
Daten sind im Internet unter dnb.dnb.de abrufbar

Impressum:
Alle Rechte vorbehalten
© 2021 Trio Infernale
2. bearbeitete Neuauflage 2023
Titel der Originalausgabe: Weihnachtswunderzeit
BOD Verlag, Norderstedt bei Hamburg 2019
Einbandgestaltung: Silja Dreyer (Siljas Style Moers)
Satz und Satzgestaltung: Silja Dreyer
s/w-Zeichnungen: Thomas Klappstein
Herstellung und Verlag: BoD – Books on Demand, Norderstedt
ISBN: 978-3-75431-590-3

Auch als eBook erhältlich

INHALT

VORWEGWORTE

„Vorworte", die Texte und Buchbeiträge, die wahrscheinlich am häufigsten überblättert und am wenigsten gelesen werden, wie einer meiner Freunde und Autorenkollege an diesem „Trio infernale – Buchprojekt" bemerkte. Trotzdem, ein Buch ohne „Vorwegwort", ist ja eigentlich nur ein halbes Buch. Und jetzt gibt's hier zu den drei bereits existierenden Vorworten jedes einzelnen Autors aus der 1.Auflage, gleich noch ein viertes zur bearbeiteten und vor allem erweiterten 2. Neuauflage dazu. Sei's drum ...

Für uns drei befreundete Autoren der WEIHNACHTSWUNDERZEIT war es ein kleines Weihnachtswunder, dass unser erstes gemeinsames Werk im Erscheinungsjahr 2019 so einen guten Anklang gefunden hat. 12 eigene Geschichten haben wir zusammen getragen – einige haben schon früher an anderer Stelle das literarische Licht der Welt erblickt, andere erschienen zum ersten Mal – und viel Spaß bei der Arbeit am gemeinsamen Projekt gehabt und bis aufs Cover fast alles selbst gemacht. Waren dann im herausfordernden

„Coronajahr 2020" mit anderen Projekten und Dingen beschäftigt und haben uns im darauffolgenden Jahr eine erweiterte Neuauflage vorgenommen. Einen Relaunch mit zusätzlichen Texten. Jeder von uns dreien hat eine neue Geschichte geschrieben. Einige beeinflusst von der Corona-Krise, die aber auch in den Jahren danach noch Bestand haben dürften. Haben festgestellt, daß es im Inhalt gestalterisch doch einiges zu optimieren gibt, wir hier aber an unsere Grenzen stoßen und den Satz und die Gestaltung des Inhaltes dieser Neuauflage in die Hände der erfahrenen und für uns genialen Grafikerin Silja Dreyer gelegt, die auch schon das Cover und den Umschlag der Ursprungsausgabe gestaltet hat, das wir natürlich auch für diese Neuauflage beibehalten haben.

Uns drei, das „Trio Infernale" – eine Gruppe junggebliebener, oft eigenwillig (andere sagen originell) denkender Theologen (die Beschreibung „Out-of-the-box-Theologen" finden wir auch gut ☺) – eint die Hoffnung und Sehnsucht, einen besonderen, einen speziellen Advent zu erleben und eine Weihnachtszeit, die voller Wunder steckt, die es zu entdecken gilt.

„Das Leben ist wie eine Schachtel Pralinen – man weiß nie, was man bekommt". Dieses mittlerweile berühmte Filmzitat aus „Forrest Gump" kommt uns in den Sinn bei An- und Durchsicht des fertigen neuen Manuskriptes. Ihr und Sie haltet es in Buchform in der Hand. Alle Geschmacksrichtungen können vertreten sein. Aber da Pralinen kleine Meisterwerke sind, schmecken sie eigentlich alle gut. Auch wenn man persönlich natürlich geschmackliche Vorlieben hat. So wird es auch mit den

Geschichten dieses Buches sein. Nicht jede Geschichte entspricht dem für einige wichtigen weihnachtlichen, manchmal klischeebeladenen „Schmuseideal". Auch in der Advents- und Weihnachtszeit ereignet sich das ganz normale Leben. Und manchmal mögen wir es auch etwas schräg. Es kann sein, das einen eine Geschichte einmal nicht so sehr berührt oder erreicht. Dafür geht einem anderen Menschen genau bei diesem Text gerade ein Licht auf, das er schon lange ersehnte und das ihn auf seinem Weg stärkt. Oder er findet sie einfach nur schön. Und auch umgekehrt.

Kleine literarische Oasen, die in einer besonderen Zeit des Jahres zum Nachdenken, Meditieren, gerne auch Diskutieren und zum Schmunzeln anregen können.

Ihnen und Euch als Leserin und als Leser wünschen wir anregende Momente. Gesegnete Adventstage und -wochen, eine frohe Weihnachtszeit (die übrigens bis in den Januar hinein dauert) und mindestens jedes Jahr ein echtes Weihnachtswunder. Ruhig auch einmal mitten im Jahr.

Herzlichst
Das TRIO INFERNALE:
Frank Bonkowski, Thomas Klappstein, Mickey Wiese
Bad Segeberg / Duisburg / Frankfurt a.M. - AD 2021

P.S.
Die eigentliche „Weihnachtswurzel", die original Geschichten und Texte, von denen aus in unseren Herzen etwas angezündet wurde, was ein Blitzlichtgewitter in unseren Gehirnen auslöste, finden sich zum Nachlesen noch mal am Ende des Buches. Die Weihnachtsgeschichten nach Lukas und Matthäus, aus dem Neuen Testament der Bibel. Alle Geschichten, die wir je über Weihnachten geschrieben haben und schreiben werden, sind aus diesen beiden Wurzeln herausgewachsen. Die neutestamentlichen Weihnachtstexte sind die Wurzeln und unsere Geschichten sind quasi die bunten Triebe und Blüten.

Wer mag, kann die Originale auch gerne vorab lesen und sich dann den weiteren Geschichten widmen. Dann einfach das Buch auf den hinteren Seiten zuerst aufschlagen.

Wer hat an der Uhr gedreht? Ist es wirklich schon über 8 Jahre her, dass mein Freund Thomas mich gefragt hat, ob ich nicht einen ungewöhnlichen Blick auf Weihnachten werfen könne? Mit Weihnachten im Bordell ging die Reise damals los und Jahr für Jahr habe ich mich wieder erneut an ungewöhnliche Orte aufmachen dürfen, um auszuloten wie dieselbe alte frohmachende Botschaft von der Menschwerdung Gottes sich an unterschiedlichen Orten und Zeiten auswirken kann. Weihnachtswundernacht für den Brendow Verlag war eines der großartigsten Projekte, an denen ich mitwirken durfte. Was die ganze Sache noch besser gemacht hat war, dass ich darüber auch meinen Freund Frank kennengelernt habe. Als Trio haben wir in den letzten Jahren so viel miteinander erlebt, gelacht, gefeiert, tief und flach diskutiert ... Lieber Frank, lieber Thomas, ich hab euch total lieb! Und 7 Bände und einige Best of's später war uns klar, dass wir nicht einfach aufhören wollen, weil auch das Wunder von Weihnachten nicht aufhört zu leuchten und jeden noch so dunklen Winkel einer Hölle auf Erden erleuchten will.
Mickey Wiese AD 2019

ACH! Drei Buchstaben, die so viel zum Ausdruck bringen können: Erstaunen, Überraschung, Enttäuschung, Entspannung, Begeisterung ...

„ACH! – endlich haben wir drei – das TRIO IN-FERNALE – es geschafft, unseren lange gemeinsam gehegten Wunsch in die Tat umzusetzen, zusammen ein Buch zu veröffentlichen" so denke ich beim Schreiben meines Vorwortes. Viele Ideen sind in fröhlicher Runde zwischen meinen beiden Kollegen, vor allem aber Freunden Frank und Mickey und mir bewegt worden. Ernste und weniger Ernste. Auf gemeinsamen Wanderungen über die Frankfurter Buchmesse, dort beim Kaffee bei den Österreichern, beim „Äppelwoi" in einer der kultigen Frankfurter Schänken oder beim Mickey am Frühstückstisch. Mit Frank in der Sauna. Bei Verlagen vorgestellt und wieder verworfen worden. Bis wir auf die eigentlich naheliegende Idee kamen, unser erstes gemeinsames Buch einfach zu dem Thema rauszubringen, was uns seit Jahren immer wieder literarisch in einer anderen Buchreihe zusammengeführt hat: kleinen Geschichten zum großen Fest, dass wiederum seinen Ursprung darin hat, dass ein Großer ganz klein wurde. Der Himmel hat die Erde berührt und der Schöpfer, Gott, wurde Mensch. Das hat alles verändert. Auch uns. Auch mich. Diese Weihnachtswunderzeit, an die wir jährlich erinnert werden, hat Einfluß bis heute. Davon handeln die Geschichten in diesem Buch. Dank an Frank und Mickey für vielen inspirierenden Begegnungen. Fröhliche Weihnachten für Euch. Und natürlich für Euch und Sie liebe Leserin, lieber Leser.

Thomas Klappstein AD 2019

„**Ich hasse Weihnachten** und alles was damit zu tun hat. Lametta, das Gehetze von einer Veranstaltung zur nächsten, selbst die Liste mit all den noch zu kaufenden Geschenken." So begann jedes Jahr ein Gespräch, in dem ein befreundeter Pastor mir sein Leid geklagt hat und ich konnte ihn verstehen.

„**Ich hasse Weihnachten**, weil es mich an meine Kindheit erinnert. Ich musste Heiligabend immer meinem Vater helfen Tannenbäume zu verkaufen. Wenn ich den dann bei Kunden in den obersten Stock geschleppt hatte, gab es fast immer eine Mandarine als Trinkgeld. Ich kriege bis heute keine Mandarinen runtergewürgt. Und wenn du endlich nach Hause kamst, dann schwamm da im Badezimmer immer ein Karpfen, in der Badewanne, der noch ermordet werden musste." Das erzählte mir ein befreundeter Musiker, bevor wir „Blue Christmas" für ein Adventskonzert proben wollten und ich kann ihn auch verstehen.

Ich kann verstehen, warum so viele mit Weihnachten nichts anfangen können. Riesige Erwartungen, große Enttäuschungen, weil die gar nicht erfüllt werden können.Der Familienstreit, der daraus oft entsteht. Diese Adventszeit, die eigentlich mal als eine Zeit gedacht war, wo wir runterkommen und uns auf das was wichtig ist im Leben besinnen, die so unglaublich hektisch geworden ist.

Warum lieben wir drei trotzdem Weihnachten? Wir lieben alle drei gute Geschichten. Die Geschichte, dass Gott seinen Himmel verlässt und von einem armen, unterdrückten Pärchen in einer alten Scheune zur Welt gebracht wird. Ein Gott, der sozusagen einen menschlichen Anzug anzieht aus Fleisch und Blut und hier unten rumläuft und Menschen neue Hoffnung und Selbstwert gibt ... Das ist ganz einfach eine großartige Geschichte, die wir drei selber erlebt haben und die uns immer wieder neu Hoffnung und Selbstwert gibt. Wir lieben es diese Geschichte so kreativ wie möglich weiterzuerzählen.

Für Mickey und mich hat Weihnachten in den letzten Jahren meistens Ostern begonnen, wenn wir von Klappy eine Erinnerungsmail bekommen haben, wann denn unsere Weihnachtsgeschichte bei ihm landen würde. Also haben wir oft in den Osterferien über Weihnachten nachgedacht. Irgendwie passend. Diese Idee, dass aus Kaputtem, Kleinem, sogar Totem, wunderschönes, neues Leben, Auferstehung passieren kann. Darum lieben wir diese Weihnachtsgeschichte und dass wir nun zu dritt, als Trio Infernale dieses Buch rausbringen können, ist sozusagen das Sahnehäubchen auf dem Weihnachtskuchen.

Frank Bonkowski AD 2019

WEIHNACHTEN IM LINIENBUS
Von Mickey Wiese

Die Linie 776 war eine besondere Buslinie. Ihre Fahrer waren Busfahrer aus Berufung und Leidenschaft, manche schon in der 3. Generation. Zumindest half ihnen diese Betrachtungsweise über die schlechte Bezahlung und die mangelnde Wertschätzung ihres Berufsstands in der Bevölkerung hinweg. Der ganzen Bevölkerung? Nein. Diejenigen, die noch mit den Herzen sehen konnten, sahen bisweilen auch noch etwas Anderes in diesen Männern. Vor allem die Kinder fuhren immer wieder gerne mit.

Manchmal verabredeten sie sich sogar dort im Bus, um ein paar Runden zu fahren, mit den Fahrern zusammenzusein und mit ihnen zu reden, weil die immer freundlich zu ihnen waren und zuhörten. Und mit der Zeit wurden die Busfahrer der Linie 776 so immer mehr zu modernen Hirten, die auf ihre Herde aufpassten und schauten, dass es allen gutgeht.

Sie fuhren vorsichtig, wenn sie sahen, dass auf der letzten Bank Hausaufgaben gemacht wurden oder eine alte Dame noch keinen Sitzplatz gefunden hatte.

Die Strecke des 776ers führte durch moderne Hoch-
haussiedlungen und alte Dorfkerne, soziale Brennpunk-
te, öde Landschaften, an der Gesamtschule vorbei, in
die die meisten Kinder der Gegend gingen, bis hin zu
einem großen Einkaufszentrum.

Dragan Müller war einer der Fahrer. Er war ein gläubi-
ger Mensch und hätte viel lieber die Linie 777 gefahren,
aber die fuhr mittlerweile nur noch im Tal der Reichen,
und nicht jeder durfte dort ans Steuer. Dragan gehörte
jedenfalls nicht dazu. Dazu hatte er schon zu oft Ärger
gehabt. Unter anderem auch immer wieder, weil er sich
den Kindern gegenüber freundlich zeigte, ihnen Geschenke machte, sich mit ihnen sehr privat unterhielt
und Außenstehende das des Öfteren als Grenzüber-
schreitungen empfunden hatten. Dabei haben sie seine
Motivation komplett missverstanden. Aber sie konnten
ja nicht wissen, wo er herkam, und dass im Balkankrieg
seine Geschwister und sein Vater vor seinen Augen und
denen seiner Mutter erschossen worden waren. Seine
Mutter Snejana und er hatten nur fliehen können, weil
sein Vater sich im Todeskampf über sie geworfen und
die Angreifer sie für tot gehalten hatten. Danach waren
sie durch die Wirren des Kriegs über dunkle Transport-
kanäle fast ein ganzes Jahr lang nach Deutschland geflohen.

Da war Dragan 7 Jahre alt gewesen. Als er 8 geworden
war, hatte seine Mutter an Weihnachten den Busfahrer
Martin Müller kennengelernt. Die beiden heirateten,
und Martin war Dragan ein guter Vater geworden. Auch

darum war Dragan Busfahrer geworden – nicht nur wegen dem vergeigten Hauptschulabschluss.

Durch seine Geschichte hatte Dragan immer einen besonderen Blick für Kinder, denen es nicht so gut ging, die Mangelerfahrungen im weitesten Sinne hatten. Und aus denen setzten sich hauptsächlich die Fahrgäste der Linie 776 zusammen. Sie trafen sich sozusagen in ihrem externen Kinderzimmer als einem sicheren Raum.

Das Ungewöhnlichste waren sicherlich alljährlich die Feiertage, allen voran Weihnachten. Feiertage bescherten den Familien, zumindest in dieser Gegend, neben Rührseligkeit vor allem auch ein erhöhtes Konfliktpotential. So fuhren einige Busfahrer an Weihnachten heimlich Sonderschichten, die sie eigentlich nicht fahren durften. Die Busfahrgesellschaft wusste inoffiziell davon. Sie sagten zwar nichts dazu und ließen die Fahrer gewähren, weil sie spürten, dass hier etwas Besonderes geschah. Trotzdem fuhren alle diese Sonderschichten auf eigenes Risiko.

Sie fuhren ihre normale Strecke und sammelten all die Kinder und Erwachsenen ein, die zu Hause nicht klar kamen, die den Eltern ungehorsam waren, die Stress hatten, deren Liebe erkaltet war, die einsam waren. Eben alle die, von denen die Bibel sagte, dass sie das Reich Gottes nicht erben werden. Aber Dragan und seine Kollegen erinnerten sich immer gerne an das muslimische Sprichwort: „Wenn der Berg nicht zum Propheten kommt, muss der Prophet eben zum Berg kommen." So wurde der Bus alle Jahre wieder zum Stall, zu einer mobilen Weihnachtskrippe, und brachte die Fahrgäste nicht mehr irgendwohin, sondern alle waren schon angekommen, während sie noch fuhren.

Auf dem Armaturenbrett stand auch dieses Jahr ein kleiner Weihnachtsbaum aus Plastik, der bunte Botschaften des Lichts lustig in die Nacht blinkte. An die Seitenfenster hatten die Fahrgäste selbstgebastelte Strohsterne, Lametta, goldene Heiligenbildchen und alles andere angeklebt, das sie mitgebracht hatten. In den Halteschlaufen für die Stehplätze hingen über den Fahrgastraum verteilt Wunderduftbäumchen in den Duftnoten Tannenbaum, Weihrauch und Myrrhe. Und zusammen mit den von diversen Buffets gestohlenen Plätzchen und Kuchenstücken ergab das eine seltsam wunderliche Weihnachtsstimmung.

Alle waren sie da, die üblichen Fahrgäste, und feierten miteinander ausgelassen und sangen fröhlich das einzige Weihnachtslied, das sie aus den Supermärkten und dem Radio kannten: Oh Tannenbaum, 1. Strophe. Und an jeder Haltestelle stiegen noch mehr ein.

Nur einmal, als an einer Haltestelle Hermann Hodes, der unter den Fahrgästen gefürchtete Leiter des Jugendamts, einsteigen wollte, der schon viele Familien durch obskure Inobhutnahmen zerstört hatte, tat Dragan so, als habe er nichts gesehen und fuhr einfach weiter.

An der nächsten Haltestelle stieg eine Gruppe Astrologen zu, die nach Fernsehaufnahmen im abgelegenen Studio eines Privatsenders den regulären Bus verpasst hatten. Sie waren sofort angetan von der feierlichen Atmosphäre im Bus und den Geschichten, die ihnen die Fahrgäste darüber erzählten. Und so ließen sie es sich nicht nehmen, auch ihrerseits von Träumen und Hoffnungen für die Menschen zu erzählen, die, wie sie sagten, in den Sternen standen. Kurz bevor sie wieder aussteigen mussten, brachten sie den Fahrgästen noch das beliebte Weihnachtslied von Alfred H. Zoller bei: „Stern über Bethlehem, zeig uns den Weg", und wünschten allen noch viel Licht auf ihrem Weg durch die Dunkelheit.

Und dann geschah es. Einfach so. An einer einsamen Haltestelle, an der eigentlich noch nie jemand zugestiegen war, stand plötzlich eine Gruppe Männer im Bus, als sei sie hereingebeamt worden. Sie trugen zerlumpte Mäntel, ihr Gang war gebeugt. Aber wenn sie sich unbeobachtet glaubten, dann strahlte jeder Zentimeter ihrer Körperhaltung Würde und etwas Heroisches aus. Unter den Mänteln konnten die kleineren Kinder bei mancher unbedachten Bewegung der Männer dazu auch noch glänzende Rüstungen hervorschimmern sehen. Ganz geheuer war ihr Auftreten den Fahrgästen auf jeden Fall nicht. Die Situation rettend, öffnete der größte der merkwürdigen Männer schließlich den Mund und sagte: „Habt keine Angst. Auch wenn wir etwas gewöhnungsbedürftig aussehen, sind wir doch einfach nur unterwegs, um zu einem besonderen Gottesdienst einzuladen, der heute Nacht im alten ehemaligen Supermarkt stattfindet."

Den Supermarkt kannten die Älteren der Fahrgäste noch. Er lag im Schatten dreier riesiger Hochhaussilos mit jeweils 120 Mietparteien und hatte vor ein paar Jahren Pleite gemacht. Vor kurzem hatte dann eine freie christliche Gemeinde den Supermarkt gemietet und hielt nun dort ihre Gottesdienste ab. Und damit es ein wenig mehr nach Kirche aussah, hatten dann die katholischen Pfadfinder des Orts kürzlich einen Holzglockenturm auf dem Dach des Supermarkts errichtet.

Im Weihnachtsgottesdienst der Gemeinde sollte heute Nacht ein Ehepaar davon berichten, dass sie heute Vormittag ein Kind bekommen hatten. Das Ehepaar, Traugott und Maria Josephsson, kannten sie auch alle. Seit 13 Jahren versuchten die schon ein Kind zu bekommen, aber außer Fehlgeburten und einem Haufen Schulden wegen teurer, aber nutzloser Befruchtungsmethoden, war nichts geschehen. Aber sie hatten nie aufgegeben und waren dadurch für viele in der Gegend zum Beispiel für Durchhaltevermögen geworden.

Dass Maria jetzt aber endlich schwanger geworden war, hatte niemand aus der Gegend mitbekommen. Wenn sie genau darüber nachdachten, hatte sie sich in der letzten Zeit immer mehr zurückgezogen. Und jetzt sollte es geklappt haben? Das würde ja wohl einem Wunder gleichkommen. Das mussten sie sich unbedingt ansehen.

Aber bevor Dragan und seine Fahrgäste die Männer nach den näheren Umständen fragen konnten, waren die schon wieder ausgestiegen. Und während die Männer in ihren mit Lumpen verhüllten Rüstungen in der Dunkelheit entschwanden, hätte manch einer der Fahrgäste schwören können, dass sie dabei gar nicht den

Boden berührten, und andere sahen, dass eine leicht glimmende Aureole sie umgab. Aber diese Wahrnehmung hätte natürlich auch dem Vorglühen geschuldet sein können.

Als Dragan und seine Fahrgäste jedenfalls nach dem Gottesdienst wieder in den Bus stiegen und er jeden Einzelnen nach Hause fuhr, waren sie von ganz anderen Dingen berauscht. Es war, als ob feiner Goldstaub funkelnd und glitzernd durch den Innenraum des Busses flirrte und tanzte. Auf allen Gesichtern lag ein stiller, hoffnungstrunkener Glanz, der neben sich alle Käthe Wohlfahrt-Hallen in Rothenburg zusammen hätte verblassen lassen. Und ohne, dass in dieser atemberaubenden Stimmung ein Wort gesprochen worden wäre, stillte der Nachgeschmack dieses Gottesdienstes jedes Herz.

Sollte das neue Jahr nur kommen! Sie waren bereit! Denn ein Kind war ihnen allen geboren worden, ein Zeichen dafür, dass man die Hoffnung nie aufgeben sollte. Die Geschichte von Traugott und Maria Josephsson ließ sie wieder glauben, dass der wunderbare Ratgeber, ein starker Gott, der verloren geglaubte Vater der Ewigkeit und fürstlicher Frieden, für alle auf dem Weg waren.

WIKINGERWEIHNACHT
Von Thomas Klappstein

Herrlich: Klare Luft, knackig trockene Kälte, ein blauer Himmel, an dem sich die eine und andere Wolke tummelt und der Schnee knirscht unter den Fellstiefeln. Die Boote liegen gut vertäut im Hafen von Ribe und das Wasser des kleinen Flusses „Ribe Å", der ein paar Kilometer westlich in die Nordsee mündet, ist zugefroren. Eine dünne Schneeschicht liegt auf dem Eis, hier und da hat der Wind Schneeverwehungen am Rumpf der Boote aufgeworfen.

Snjall, der jüngste Sohn des Wikingerboot-Kapitäns Galdur liebt diese Zeit des Jahres. Wenn alles ein bisschen zur Ruhe kommt, die Tage zwar kurz sind, aber dafür in den Nächten immer wieder mal das faszinierende Farbspiel des Polarlichtes zu beobachten ist. Er ist dann gerne draußen unterwegs, gut eingepackt in warme Kleidung, die ihm seine Mutter Solveig genäht hat.

Und heute, so kurz vor dem Fest der Winter-Sonnenwende, das in Ribe und im ganzen Land Dänemark, immer noch gerne gefeiert wird, will er den ganzen Tag draußen unterwegs sein. Ein bisschen während der wenigen Stunden, in denen es hell ist, mit seinen Gedanken alleine sein und versuchen die Veränderungen einzusortieren, die er seit einigen Wochen registriert.

Zum späten Nachmittag, frühen Abend ist er mit Ansgar verabredet, dem Priester der neuen Religion, die seit ein paar Jahren in Ribe, aber auch in ganz Dänemark, immer mehr Anhänger gewinnt.

Ansgar selbst nennt sich einen Mönch, kann ziemlich gut reden, auch zu vielen Menschen, und hat begonnen, ein großes Haus aus Holz mit einem noch größeren Turm in Ribe zu bauen. Eigentlich bauen zu lassen, von den Handwerkern am Ort. Aber oft genug legt er auch selbst Hand mit an. Ansgar selbst stammt aus Bremen, einer Stadt in Germanien und war vor vielen Jahren nach Ribe gekommen, um der Wikingergemeinschaft, deren Vorfahren Ribe gegründet hatten, mehr von dieser neuen Religion zu erzählen. Von der Religion, die ein anderer Priestermönch, Bonifatius, hier lange vor Ansgar mal vorgestellt hatte.

Bonifatius wiederum war damals eigentlich auf dem Weg nach Schottland, wollte einfach mit einem der Boote mitfahren, die vom Hafen von Ribe aus immer wieder zu Rauf- und Raubzügen in Richtung der englischen Insel aufbrachen, auf der sich auch Schottland befand. Bonifatius kam gerade von Fritzlar, sehr weit entfernt im Süden des germanischen Landes, wo er irgendeine „Donareiche" gefällt hatte, um die Kraft des Gottes der neuen Religion zu demonstrieren, was ihm wohl auch gelungen war. Bevor er nach Schottland übersetzte, blieb er dann aber noch eine Weile in Ribe, um die Menschen, die hier lebten, von dieser neuen Macht, diesem neuen Gott zu überzeugen. Ein paar kehrten Odin, Wotan und Konsorten daraufhin den Rücken. Aber längst nicht alle. Und als Bonifatius weg war, sprach auch kaum noch jemand von dieser neuen Religion. Bis auf ein paar Leute, die sich ab und zu in ihren Hütten trafen und über die Dinge sprachen und nachdachten, die sie von Bonifatius gehört hatten.

Vor einigen Jahren nun tauchte Ansgar auf und blieb. Baute sich eine eigene Hütte in Ribe, lebt mit den Leuten und hält meist einmal in der Woche eine längere Rede über diese neue Religion. Zuerst auf dem Thing, dem Gerichtsplatz in Ribe und seit ein paar Monaten in dem großen halb fertigen Holzhaus. In dem jetzt zum Sonnenwendfest allerdings auch die grünen Nadelbäume aufgestellt wurden, die in vielen Hütten der Wikinger in dieser Jahreszeit ihren Platz finden und neben gutem Geruch auch ein bisschen Farbe in die Räume bringt. Auch im Kulthaus der Siedlung stehen mehrere dieser Bäume.

Snjalls Eltern Galdur und Solveig hatten noch geschlafen, als er das Haus verließ. Jedenfalls wahrscheinlich. Zumindest waren sie noch nicht aus ihrer Kammer gekommen. Zu dieser Zeit des Jahres war Galdur immer für einen längeren Zeitraum bei der Familie, was eigentlich alle genossen. Besonders Solveig. Vielleicht war auch das der Grund, dass sie noch nicht aus ihrer Kammer gekommen waren, hatte Snjall gedacht, als er die Tür hinter sich zumachte und in diesen tollen Wintertag startete.

In den wärmeren Zeiten des Jahres, in denen kein Eis auf dem Fluss ist und die Stürme auf dem Meer nicht so heftig sind, ist Galdur meist viele Tage und Nächte mit seinem Boot und seiner Mannschaft unterwegs, die er befehligt. Oft statten sie der englischen Insel einen Besuch ab, mit deren Einwohnern sie sich nicht so wirklich verstehen und kommen dann entweder mit voll beladenen Booten zurück, manchmal aber auch etwas lädiert und bandagiert. Echte Wikingermänner halt. So wirklich weiß Snjall noch nicht, was er davon halten soll. Ob er da später auch mal mitfährt, wie Galdur oft sagt. Dann, wenn er ein Mann geworden ist. Aber Snjall ist vom Wesen anders als sein Vater, den man durchaus als rau aber herzlich bezeichnen kann.

Galdur ist sicherlich nicht konfliktscheu. Er sagt auch im Ort seine Meinung, wenn ihm etwas nicht passt. Besonders Ragnar, dem Kapitän eines anderen Wikingerbootes, der sich gerne mal als Häuptling aufspielt.

Aber Galdur hält sich auch an Spielregeln, einen ungeschriebenen Verhaltenskodex. So werden z. B. außerhalb der Beutefahrten mit ihren Booten Engländer von den Wikingern nicht attackiert, wenn man ihnen begegnet. Man grüßt sich zwar nicht unbedingt und wenn, schon gar nicht freundlich, aber man lässt sich in Ruhe.

Seit einigen Tagen und Nächten ist alles anders, findet Snjall. Eine mehr als friedvolle Atmosphäre liegt über Ribe. Das liegt sicherlich nicht nur an den Getreidebündeln, die aufgestellt wurden, damit sich die Vögel daran mit Futter versorgen können. Das wurde nämlich schon immer gemacht. Jedenfalls solange Snjall zurückdenken kann. Aber Menschen, die sich sonst am liebsten mit dem Hintern nicht anguckten, grüßen einander auf einmal freundlich.

Auch Galdur, sein Vater ist anders. Er grüßt sogar, wenn ihm jemand aus der Gruppe der Engländer begegnet, die es mit ihrem Boot nicht mehr rechtzeitig vor den großen Stürmen zurück auf ihre Insel geschafft hatten und jetzt hier überwintern müssen. Bei Ansgar übrigens, der ihnen Asyl gewährt in dem halb fertigen großen Holzhaus.

Eisenkörbe, in denen Feuer gemacht werden kann, durch das zumindest ein bisschen Wärme erzeugt werden kann, hat Thorgil zur Verfügung gestellt, der Schmied des Ortes. Auch der hat sich irgendwie verändert. Ist oft dabei, wenn Ansgar eine seiner Reden hält. Jokuel, der Zimmermann sorgte für Unterlagen zum Schlafen. Und viele von denen, die Ansgar regelmäßig zuhören, haben Decken und Felle gebracht. Aber nicht nur die. Auch Solveig hatte schon warme Kleidung vorbeigebracht, die Galdur nicht mehr brauchen würde, und auch zwei Felle.

„Als wäre es eine andere Welt", denkt Snjall. Er fängt an, diese Zeit des Jahres mehr und mehr zu lieben. Weil alle so glücklich und freundlich und hilfsbereit scheinen, alles so friedlich und harmonisch ist.

Von all diesen Dingen, seinen Beobachtungen und Gedanken erzählt Snjall nun Ansgar, bei dem er nach seinem langen Spaziergang inzwischen angekommen ist und der ihm nun aufmerksam zuhört. Darüber fängt es an, dämmrig zu werden – die blaue Stunde zwischen Sonnenuntergang und dem Einbruch der Dunkelheit. Erste Sterne fangen bereits an, am Firmament zu funkeln. Snjall sitzt mit Ansgar vor dessen Hütte, um einen dieser Eisenkörbe herum, in dem ein schönes Feuer lodert und für den Moment noch genug Wärme abgibt. Jeder der beiden hat einen Becher mit heißem Blaubeersaft in der Hand, die im Wikingerland im Sommer und Herbst zuhauf geerntet wurden.

„Sag mal, weißt du, warum sich die Dinge hier so verändern?", wollte Snjall von Ansgar wissen. „Hat das was mit deiner Religion zu tun, von der du so viel erzählst?"

Ansgar will gerade anfangen seine Sicht der Dinge zu erzählen, da hört er Snjalls aufgeregte Stimme: „Und da ...", Snjall deutet mit dem Becher in der Hand in Richtung des Stalls, der sich neben dem Gasthaus von Knorr befindet, das immer reichlich voll ist in dieser Zeit des Jahres und in dem auch Snjalls Eltern, Galdur und Solveig, ganz gerne mal ihren Met trinken.

In dem Stall neben dem Gasthaus befanden sich neben Stroh und Heu, die Tiere von Knorr. Ein paar Hühner, Schafe, einige wenige Kühe, ein Ochse und sogar ein Esel. Vor einigen Sommern wurden diese Eseltiere auf einigen Wikingerbooten von einer längeren Reise mitgebracht. Neben den üblichen Beutegegenständen. Inzwischen hatten sie sich sogar hier im hohen Norden vermehrt.

Genau über diesem Stall – so sieht es optisch jedenfalls aus - leuchtet ein Stern besonders hell. Er wirkt größer als die anderen Sterne und scheint richtig zu strahlen. „Und da, dieser Stern war vorher noch nie da!", ließ Snjall laut, aufgeregt und deutlich vernehmen.

„Nee, nee", erwidert Ansgar, „der ist eigentlich die ganze Zeit da. Aber die meisten Menschen können oder wollen ihn nur zu dieser Zeit des Jahres sehen. Da wo ich herkomme, nennen wir sie übrigens Weihnachten."

ICH BIN DOCH NUR EIN GESCHÄFTSMANN

Von Frank Bonkowski

Lassen Sie mich zunächst ein für alle Mal etwas klarstellen: Ich bin weder politisch engagiert, noch in irgendeiner Weise radikal. Ich bin ein ganz normaler Geschäftsmann, dem daran gelegen ist, genug Gewinn zu machen, um seine Familie ernähren zu können. Das musste erstmal gesagt werden.

Seit sich wegen des Cäsaren lästiger Völkerzählung Tausende in unsere schöne Stadt Bethlehem aufgemacht haben und wir dieses eine armselige Paar aus Nazareth abweisen mussten, gibt es dieses Gerücht über meine schöne Herberge, dem ich in aller Schärfe widersprechen muss: Meine Herberge ist nicht überfüllt. Und die Aussage, dass wir nicht gastfreundlich seien, ist einfach nicht wahr.

Wie Ihnen unsere vielen treuen Kunden bestätigen können, ist bei uns zwar immer viel los, aber es stehen zu jeder Zeit genügend Räume zur Verfügung. Und wir bieten günstige Preise, Zimmer für jeden Geschmack und unser preisgekröntes kontinentales Frühstück mit frischem Brot und unserem berühmten, selbstgemachten Honig. Unser Gasthaus hat eine lange und stolze Tradition und ist dafür bekannt, dass wir über Jahre viele unterschiedliche Menschen bei uns willkommen geheißen haben ... nur eben nicht solche Menschen.

Lassen Sie mich einfach mal aus meiner Sicht erklären, was wirklich passiert ist.

Zwei von „solchen Menschen" sind eines Abends hier aufgetaucht, um bei uns ein Zimmer zu mieten, mitten in diesem Stress, den uns die Volkszählung ohnehin gemacht hat. Ja, natürlich hab ich sie weggeschickt. Aber nicht, weil wir nicht genügend freie Zimmer oder ausreichend Essen gehabt hätten. Nazarener sind eben, egal wie bedürftig und erbärmlich sie sein mögen, die Art von Menschen, die unsere Ressourcen aufbrauchen und unsere Sicherheit gefährden.

Ich hab mich da informiert, man weiß doch, was das für Leute sind. Sicher ist da auch bestimmt mal ein Guter dabei, aber die Wahrscheinlichkeit, mir einen Vergewaltiger oder einen Dieb ins Haus zu holen, der unsere Gastfreundschaft ausnutzt und den ich nicht wieder los werde, die ist doch gegeben.

Sie kennen ja bestimmt das Sprichwort: „Was kann aus Nazareth schon Gutes kommen?" Ich glaube, der Satz steht sogar in einer der „Heiligen Schriften".

Sicher, die Frau sah schon sehr erschöpft aus, und schwanger war sie auch noch. Und ihr Ehemann schien ehrlich verzweifelt und verängstigt, aber so etwas kann man auch vortäuschen. Ich will mir gar nicht vorstellen, wie unverschämt solche Leute beim Frühstücksbuffet zugreifen oder ob die sogar Waffen unter ihren Mänteln in unsere Gegend schmuggeln. Mit solchen Leuten, kann man nie vorsichtig genug sein.

Mal ganz ehrlich, warum lobt man mich eigentlich nicht für meine Großzügigkeit? Ich war es immerhin, der ihnen seinen Stall angeboten hat. Wie hätte ich denn ahnen sollen, dass aus dieser Geburt so eine Legende werden würde? Wegen diesem Hirtenpack, die überall rumerzählt haben, was in meinem Stall passiert sein soll, nur um sich wichtig zu machen! Komische Geschichten über Engel und einen Messias und Frieden auf Erden. Die haben doch garantiert wieder etwas geraucht, die Jungs, oder beim Lagerfeuer wieder die Weinamphore kreisen lassen.

Jedenfalls hat mir ihr blödes „Kein Raum in der Herberge"-Gerücht das Geschäft mit unzähligen wohlhabenden Wanderern vermasselt, die unsere Gaststätte jetzt umgehen. Die klopfen doch gleich bei der nächsten Herberge an, was schade ist, weil die es mit der Sauberkeit ja nicht ganz so ernst nehmen sollen, wie wir es tun.

Ich habe auch Gerüchte gehört, dass diese berühmte Familie aus meinem Stall unter den Flüchtlingen sein soll, die sich jetzt aus Angst vor Herodes?? Genozid auf den Weg nach Ägypten gemacht haben. Die Ägypter werden schon merken, was für Leute die sich da ins Land holen. Na ja, besser dort als hier.

Aber ich schweife schon wieder vom Thema ab. Ja, es scheint auf den ersten Blick ein wenig herzlos, eine schwangere Frau in die dunkle, kalte Nacht zu schicken, aber manchmal muss man halt schwere Entscheidungen treffen. Ich habe diese Entscheidung für uns alle hier in Bethlehem getroffen. Für die Sicherheit und das Wohlergehen unserer Kinder, für den Erhalt unserer Werte, für die guten, schrifttreuen Menschen dieser guten Stadt, diejenigen, die sich in den heiligen Schriften auskennen. Ich sehe es als meine Pflicht, sie vor solch gefährlichen Leuten zu schützen, und das habe ich getan.

Ich würde mich trotzdem freuen, wieder zahlreiche Menschen aus aller Herren Länder bei uns in der Herberge begrüßen zu dürfen, solange sie nicht Nazarener oder Samariter oder irgendein ähnliches Gesindel sind.

Und wenn, wäre es natürlich ganz toll, wenn Sie bei den einschlägigen Herbergs- und Wanderführern eine positive Rezension für uns schreiben würden. Hoffentlich erwähnen Sie dabei auch den selbst gemachten Honig.

Es kommt ein Schiff geladen in die erfüllte Zeit

Von Mickey Wiese

„Es kommt ein Schiff geladen bis an sein' höchsten Bord ..." gehört zu den ältesten deutschsprachigen geistlichen Gesängen. Aber womit sollte es bloß beladen sein? Das fragten sich die Menschen in der wunderschönen Stadt jedes Jahr aufs Neue.

„Das Schiff trägt eine teure Last", hieß es. Aber es ging ihnen doch allen schon gut. Sie lebten im Überfluss. Im Ofen brutzelte die Gans, aus dem Radio dudelten Weihnachtslieder, der Duft von Lebkuchen hing in der Luft. Ein stattlich großer Weihnachtsbaum war wunderschön geschmückt. Er stand in der Mitte eines Bergs von erlesensten Geschenken, mehr als jeder Einzelne gebrauchen konnte. Hinter dem Baum stand seit einigen Jahren auch noch der alte Figurenkasten von Oma und Opa, von dem man aber nicht mehr so genau wusste, wen diese Figuren eigentlich alles darstellen sollten. Auf jeden Fall war eine Familie der Kern der Szenerie, wie sich das eben für das Fest der Familie gehörte.

„Es kommt ein Schiff geladen, das Segel ist die Liebe und ein besonderer Geist der Mast." Mit diesem besonderen Geist war wohl eben der Familiensinn gemeint, dass man sich über die Feiertage nicht streitet und so. Dafür war bei den meisten aber auch gar keine Zeit. Die Schwiegermutter half der Hausfrau beim Kochen und die beiden verstanden sich so blendend, sie hätten auch beste Freundinnen sein können. Die Kinder spielten einträchtig im Kinderzimmer. Und der Vater wollte mit der sündhaft teuren Außenbeleuchtung das letzte Jahr an Strahlkraft noch überbieten. Andere Väter winkten freundlich von den Dächern ihrer ebenfalls erleuchteten Häuser herüber. Die ganze Stadt sollte in dieser besonderen Nacht wie ein Juwel in der Finsternis leuchten. Es war alles in Ordnung, niemand fühlte in irgendeiner Weise Not. Es war alles, wie es sein sollte am Fest der Familie.

Da wurde es auf einmal dunkel, und alle Lichter fielen aus. Vielleicht hatten sie es dieses Jahr doch ein wenig übertrieben mit den ganzen Außenbeleuchtungen und dem Betrieb aller Haushaltsgeräte auf einmal. Das hatte das Kraftwerk kollabieren lassen. Aber es gab ja zum Glück noch ein Ersatzkraftwerk am anderen Ende der Stadt. Man hatte schließlich für alle Eventualitäten vorgesorgt. Da hörten sie in der Luft ein Rauschen, das über sie hinwegzog. Das war doch wohl nicht Santa Claus, der am Nordpol wohnte und mit den Elfen die Spielzeuge für die Kinder zu Weihnachten herstellte, die dann für gutes Geld in den Läden verkauft wurden, schmunzelten sie einander zu? Als sie aber dann den Feuerschein in der Dunkelheit sahen, begriffen sie, dass es natürlich nicht Santa Claus gewesen war, sondern ein Flugzeug, das in das Ersatzkraftwerk gestürzt war und es zerstört hatte. So lag nun die ganze Stadt in undurchdringlicher Finsternis, und das Fest war gefährdet.

Ohne zu zögern gingen sofort alle ans Werk, reparierten die Kraftwerke und bauten schnell noch ein drittes zur Sicherheit. Nachdem das Licht wieder wie ein riesiger Kristallschirm über der ganzen Stadt angegangen war, prosteten die Männer einander zu und freuten sich auf das Festessen zu Hause. Sie merkten gar nicht, dass die Lichterketten auf ihren Häusern verschwunden waren, genauso wie die Tannenbäume in den Wohnzimmern und die Figurenkästen dahinter.

* * *

„Es kommt ein Schiff geladen
in die erfüllte Zeit ..."

* * *

Ruhig zog das Raumschiff, eine Engelsbarke, seine Bahn zwischen Jupiter und Saturn. Es hatte einen Transporttunnel aus Formenergie mit Traktorstrahlen auf der Erde verankert. Himmlische Heerscharen verharrten im Luftraum über der Stadt und überwachten den Abtransport der Lichterketten, Tannenbäume, Weihnachtskrippen und anderer weihnachtlicher Insignien.

Von außen sah die Engelsbarke wie ein normaler Komet aus, ein 100 Kilometer großer, unförmiger, vereister Gesteinsbrocken. Der Komet zog einen Plasmaschweif aus Molekül-Ionen hinter sich her, die durch das solare Magnetfeld wie ein sechsdimensional strahlendes Juwel aufgeladen worden waren. Der Mathematiker und Astronom Edmond Halley hatte seinerzeit entdeckt, dass das „Schiff geladen bis an sein‘ höchsten Bord" im Schnitt alle 77 Jahre wieder an der Erde vorbeikam, weswegen die Menschen die Engelsbarke auch den Halleyschen Kometen nannten.

Was sie nicht wussten: Der Komet war innen ausgehöhlt und barg in sich die 77 Kilometer durchmessende Engelsbarke, einen uralten Kugelraumer, noch aus der Zeit vor der großen Revolution, der nun kosmische Patrouille durch die Schöpfung des Allmächtigen flog.

In der Zentrale des Raumschiffs saßen acht mächtige geflügelte Wesen um ein goldenes Kommandopult herum, das aussah wie der Tisch einer ritterlichen Tafelrunde. Der Eindruck entstand nicht zuletzt dadurch, dass zwischen all den bunt blinkenden technischen Geräten und der sinnverwirrenden Vielfalt an Holo-Monitoren, die über der Tafel schwebten, kostbare Trinkpokale und erlesene Speisen verteilt waren.

Gabriel, Michael, Israfil, Azrael, Raphael, Uriel, Zadkiel und Jeremiel brachten gerade, wie immer, wenn ihnen ein Auftrag nicht gelungen war, einen Trinkspruch auf ihren alten Bruder Luzifer aus, der sich vor Urzeiten auch von einer Fülle so hatte blenden lassen, dass er die falsche Entscheidung getroffen hatte. Es war die Aufgabe der acht Erzengel gewesen, sich einen Zeitpunkt für die Inkarnation Gottes auszusuchen, weil der Allmächtige selbst zu sehr mit den komplexen Vorbereitungen eben dieser Menschwerdung beschäftigt war. Das Kriterium für den Ereignispunkt auf der begrenzten Zeitschiene war nur, die Zeit sollte „erfüllt" sein. Für Wesen, die nichts anderes gewohnt waren als die Fülle der Herrlichkeit, hätte das eigentlich kein Problem darstellen sollen. Aber dann hatten sie sich doch blenden lassen von dem Lichterglanz dieses Bethlehems auf dem linearen Zeitstrahl, der von Genesis bis Offenbarung ging.

Zunächst hatte es so ausgesehen, als wäre diese Zeit des Friedens und der Harmonie und des Wohlstands perfekt gewesen. Aber dann hatte sich herausgestellt, dass die Erfüllung dieser Zeit die Menschen so satt gemacht hatte, dass sie einfach nicht mehr offen für etwas Neues waren. Sie hatten es versucht, sie hatten immer wieder Hinweise auf den wahren Grund von Weihnachten aufleuchten lassen. Die Lichterketten als Hinweis auf Jesaja 9,1, dass das Volk, das im Finstern lebt, ein großes Licht sieht und es hell über ihnen aufstrahlt. Der Tannenbaum als immergrüne, tiefwurzelnde und extrem resistente Pflanze sollte auf Gottes ewige Treue auch in widrigen Umständen hinweisen, wie z.B. in Klagelieder 3,22 oder Römer 3,3. Und die Figurenkästen, die Weihnachtskrippe, sollte darauf hindeuten, dass Gott tatsächlich ein Mensch werden wollte, wie in Hebräer 4,15 beschrieben.

Aber niemand hatte die Engelszeichen bemerkt. Und so wäre der menschgewordene Gott in das Seine gekommen, und die Seinen hätten ihn nicht aufgenommen, weil sie ihn schlichtweg nicht bemerkt hätten. Also nahmen sie die Hoffnung, die Ankündigung, das Inkarnationsgeschehen wieder aus dieser Welt heraus.

Etwas ratlos blickten die Erzengel nun in der Zentrale ihrer Engelsbarke auf die in majestätischem Blau leuchtende Lieblingskugel des Allmächtigen. Obwohl sie so viele phantastische Wunder des Universums gesehen hatten, wurden auch sie immer wieder von einem besonderen Schauer ergriffen, wenn sie alle 77 Jahre zur Erde zurückkehrten. Aber zu welcher anderen Zeit sollte die Inkarnation denn nun stattfinden? Sie fächerten die Holo-Monitore erneut wie ein Kartenspiel über dem Kommandopult aus. Da räusperte sich Jeremiel, der Jüngste unter ihnen. Er habe eine Klarvision gehabt. Aber als er dann einen bestimmten Zeitpunkt aus dem multichronalen Anzeigefeld herausgriff, konnten die anderen es kaum glauben, was ihnen da angeboten wurde. Aber da Jeremiel schon öfters Schwierigkeiten überwunden hatte, gaben sie dem gar nicht so hell strahlenden Punkt auf der linearen Zeitausbreitung eine Chance.

* * *

Abed-Nego sah dem hellen Stern am Himmel mit dem leuchtenden Schweif verträumt nach und erinnerte sich, wie er in Aschkelon von der leuchtenden Galeere hatte fliehen können, die vollgefüllt gewesen war mit Luxusgütern. Aber außer seinem nackten Leben hatte er nichts mitnehmen können. Er war nach langen Entbehrungen auf Sabdi, Ibschek und Fortunatus gestoßen, deren Eltern sie verstoßen hatten, als sie unbedingt Hirten hatten werden wollen. „Man lasse seinen Sohn nicht zum Hirten ausbilden, denn es ist ein Handwerk der Räuber und Betrüger. Es gibt keine verächtlichere Arbeit in der Welt, als die des Hirten." So sagte man in diesen Tagen, in der die Welt von Rom gefangen gehalten wurde und Armut und Krankheiten den meisten Menschen das Leben schwer machten. Hirten mussten am Sabbat ihrer Arbeit nachgehen und brachen somit zwangläufig das jüdische Ruhegebot. Zum Gebet im Tempel waren sie nicht zugelassen, weil sie die strengen Reinigungsvorschriften nicht befolgen konnten. So waren sie eben schon von vorneherein überall als stinkende Sünder ruch- bzw riechbar geworden. Sabdi, Ibschek und Fortunatus hatten Abed-Nego jedenfalls etwas von ihrem kärglichen Besitz abgegeben und ihn eingeladen mit in die Gegend von Bethlehem zu kommen. Sie hatten gehört, dass man dort noch Arbeit bekommen konnte. Und sie hatten tatsächlich Glück gehabt und durften die Herde eines reichen Bauern aus Jerusalem weiden.

Es war eine kalte Nacht, und Abed-Nego zog seinen stinkenden Mantel etwas enger um seine Schultern. Der Himmel war klar und sternenübersät. Zusammen mit ihren Gefährten Schamgar, Alphaeus, Philippus und Thomas hatten sie auf einem Feld nahe Bethlehem mit ihren Schafen und Ziegen das Lager aufgeschlagen. Ein Feuer brannte alsbald und die Männer wärmten sich daran und erzählten einander, was sie am Tag so alles erlebt hatten. Wieder einmal waren Einige von ihnen als Nicht-Sesshafte von den sesshaften Dorfbewohnern beschimpft und verjagt worden, als sie es gewagt hatten, an einem Brunnen den Blick etwas länger auf einem jungen Mädchen ruhen zu lassen. Dabei hatte sie den alten Schamgar nur an seine eigene Tochter erinnert, die er, wie auch den Rest seiner Familie, schon mindestens sechs Jahre lang nicht mehr gesehen hatte. Die Hirten waren in dieser Nacht erschöpft vom langen Umherziehen auf der Suche nach Futter und Wasser für ihre Tiere in einer Gegend, in der es nicht viel Wasser gab. Sie teilten sich untereinander Feigen, ein paar Oliven und ein wenig Gerstenbrot, das Brot der Armen. Mehr gab es an diesem Abend nicht.

Da durchzuckte plötzlich ein grelles Licht die Nacht, riss die Hirten aus ihren Gesprächen und ließ sie vor Angst noch mehr zittern als vor Kälte. Doch dann spürten sie, dass von diesen martialisch aussehenden fliegenden Wesen eine durchaus wärmende und irgendwie sättigende Ausstrahlung ausging. Die Hirten hatten zwar keine Bildung und kannten sich in den heiligen Schriften nicht aus, aber dass sie es hier mit besonderen Wesen aus den himmlischen Gefilden zu tun hatten, war ihnen wohl klar. Warum ihnen die Engel allerdings eine so wunderbare Botschaft anvertrauten von der Menschwerdung Gottes und der Erlösung aller Menschen, war ihnen hingegen überhaupt nicht klar. Wie um alles in der Welt sollten sie das denn irgendjemandem weitererzählen? Ihnen glaubte doch sowieso niemand, sie durften ja noch nicht einmal vor Gericht als Zeugen aussagen!

Aber in der Gesellschaft dieser majestätischen Wesen, die noch nicht einmal die Nase rümpften über den Gestank, der den Hirten anhaftete, die sich zu ihnen ans Lagerfeuer gesellten und sie, trotz ihrer krächzenden Stimmen, in ihren Engelschor mit hineinnahmen, das entzündete ihre Herzen so sehr, dass ihnen alles andere egal war und sie sich nur wünschten, dieser Zeitpunkt würde niemals vorübergehen.

Die Botschaft vom Erlöser der Welt hatte sich in ihren Herzen eingebrannt. Und natürlich machten sie sich zusammen mit den Engeln auf den Weg in die Stadt, um den neugeborenen König zu sehen. Und als sie dem Baby in der Krippe in die Augen schauten und vor ihm niederfielen und es anbeteten, da wussten sie, dass sie von nun an niemals mehr ausgestoßen werden konnten, weil sie jetzt dazugehörten zu dem Reich des menschgewordenen Gottes.

„Das Schiff, geladen bis an sein' höchsten Bord", war angekommen. „Es trägt Gottes Sohn voll Gnaden, des Vaters ewig's Wort, das Fleisch uns werden will und worden ist."

Epilog:

Und die Engel verstanden. Die erfüllte Zeit war eine Zeit, die bereit war, sich vom Allmächtigen erfüllen zu lassen. Zufrieden zogen sie sich in ihre Engelsbarke zurück und flogen los, weiteren Aufgaben entgegen. Und sie waren gespannt darauf, was sie bei ihrem nächsten Besuch um das Jahr 70 n.Chr. herum an Fülle der Herrlichkeit vorfinden würden, als Auswirkung dieses unvorstellbaren Gnadengeschenkes Gottes an seine Menschen.

MORGENS IM CAFÉ
von Thomas Klappstein

Guten Morgen, Herr Wirt. Einen großen Pott heißen Kaffee, bitte, wenig Milch und keinen Zucker. Ich muß mich erst einmal aufwärmen. War kalt heute Nacht.

Wie bitte? Nee, nee, ich bin nicht angereist. Ich wohne hier schon lange. Aber da ich ständig in der Nachtschicht arbeite, bekommt man mich tagsüber kaum zu Gesicht. Normalerweise gehe ich auch gleich nach Schichtende schlafen. Aber heute bin ich einfach zu aufgedreht, da muß ich erstmal unter Menschen. Schön, dass Sie Ihr Café schon so früh geöffnet haben.

...

Ah, der Kaffee ist fertig. Mmh, duftet gut - und schmeckt! Schön stark - genau das Richtige!

...

Wissen Sie, heute Nacht ist da echt ein Knaller passiert. Tut mir leid, wenn ich Sie mit meinem Redeschwall jetzt einfach so überfalle. Aber was da passiert ist, das kann ich wirklich nicht für mich behalten. Sie werden sich bestimmt wundern über das, was ich Ihnen zu erzählen habe. Aber es ist hundertprozentig passiert.

Ich habe das jetzt schon einigen Leuten erzählt, die mir auf dem Weg hierher begegnet sind. Einige haben bestimmt gedacht, ich hätte die Nacht in einer Kneipe durchgemacht und Halluzinationen gehabt. Aber dem ist nicht so.

Wissen Sie, ich arbeite als Hirte im judäischen Hirtenverband. Eigentlich nur in der Nachtschicht, wie ich ja schon sagte. Mit den Nachttarifen kommt man dabei doch auf ein wesentlich höheres Einkommen. Naja, und so war ich natürlich auch letzte Nacht unterwegs. Mit drei Kollegen übernahmen wir gestern eine Herde bei den Hürden. Sie wissen doch, das Feld kurz vor den Toren der Stadt. Eigentlich sollte ich zusammen mit einer anderen Crew eine Herde in den Bergen bewachen, aber dann hat der Chef mich doch noch kurzfristig zur Hürdenschicht eingeteilt. Da war einer krank geworden. Auf jeden Fall hatte ich so ein einmaliges Erlebnis.

Wie bitte? Ach so, ja klar, Sie dürfen mir gerne noch Kaffee nachschenken ... Wo war ich stehen geblieben? Richtig, beim einmaligen Erlebnis. Ich saß mit meinen Kollegen um unser wärmendes Feuer, dass wir nachts gerne entzünden und um das wir uns gerne hocken, wenn wir unsere Runden gedreht haben und wir schon einige Stunden unserer Schicht hinter uns haben. Die Herde war ruhig, die meisten Tiere schliefen und auch wir dösten so vor uns hin. Es war mitten in der Nacht, um die Zeit wo man seinen Tiefpunkt hat und damit kämpft, nicht einzuschlafen.

Auf einmal ist da ein klares helles Licht. Zuerst dachte ich, ich träume. Aber als ich hochschaute sah ich, dass auch meine Kollegen ganz verschreckt und irritiert in die Runde blickten.

Wie bitte? Nein, nein, das war kein Nordlicht oder irgendeine Himmelserscheinung. Das Licht war ja nur um uns herum. Der Himmel war ganz normal dunkel und mit Sternen übersät. Um uns herum war das Licht. Und auf einmal zerreißt eine Stimme unsere gespannte Stille: „FÜRCHTET EUCH NICHT!" Wir zuckten zusammen und dann ertönte noch einmal diese Stimme: „FÜRCHTET EUCH NICHT!"

Als ich dann in die Richtung schaute aus der die Stimme kam, sehe ich tatsächlich jemanden dort stehen. Groß und kräftig. Das Licht schien von ihm auszugehen. Wir kamen uns richtig erbärmlich vor in seiner Gegenwart. Warum, kann ich eigentlich auch nicht genau sagen. Irgendwie war mir auf einmal meine ganze Unzulänglichkeit bewusst. Vielleicht lag es daran, dass es sich bei der Lichtgestalt, wie sich sehr schnell herausstellte, um einen Boten Gottes, also um einen Engel handelte.

... Wie bitte? Nein, wirklich, Herr Wirt, das war echt einer. Ich sagte ja, dass Sie sich sehr über das wundern werden, was ich Ihnen erzähle. ...

Also, da stand wirklich ein Engel. Die hatte ich mir in meiner Fantasie zwar immer etwas anders vorgestellt, aber dieser war nun Realität. Ich hatte immer so kleine, süße, pausbäckige und blondgelockte mädchen- oder knabenähnliche Wesen vor Augen. Aber dieser war eher so'n Schimansky-Typ, nicht so schmuddelig, aber von so einer Statur. Eine echte Kante. Schon ein bisschen zum

Fürchten. Eigentlich sogar ein bisschen MEHR zum Fürchten.

Und so ein Engel kam ausgerechnet zu uns Hirten. Auf einmal hob er wieder an, etwas zu sagen. Und dann erklang noch einmal dies: „FÜRCHTET EUCH NICHT!" Wie gesagt, nicht so ganz einfach, wenn man ihm das erste Mal begegnet.

Aber diesmal sprach er weiter: „Siehe, ich verkündige euch große Freude, die allem Volk widerfahren wird."

Wir, also meine Kollegen und ich stießen uns gegenseitig an. Sprechen konnten wir nicht. Dafür war der erste Schreck zu groß. Aber jeder wusste, was der andere sagen wollte: Mensch, der hat eine Botschaft für uns. Und als Engel, als Bote Gottes, musst das eine Botschaft von diesem Gott sein. Der will uns etwas mitteilen. Uns ganz normalen Leuten. Keinem König oder Propheten. Denen wohl auch. Aber in diesem Fall waren wir ganz persönlich gemeint. Sicherlich galt die Botschaft nicht nur uns. Sonst hätte der Engel ja nicht gesagt, dass die Freude allem Volk widerfahren wird. Aber zunächst mal meinte er uns persönlich. Ehrlich, er sagte wortwörtlich: „Siehe ich verkündige EUCH große Freude." Und dann kam das eigentlich Sensationelle: „Denn euch ist heute der Heiland geboren, welcher ist Christus, der Herr, in der Stadt Davids."

Haben Sie das verstanden? Der Christus, von dem in den Synagogenvorlesungen bei uns so oft die Rede ist, von dem Gott so oft in den Jesaja-Schriftrollen berichten lässt und die in den Synagogen gelesen werden, der war geboren. Und dann noch in der Stadt Davids, in

Bethlehem, in unserer Stadt also. Hier! Letzte Nacht! ...

... Was? Wieso soll ich mich beruhigen? Gott hat endlich sein Versprechen wahr gemacht. Er hat uns seinen Sohn gesandt. Den Messias, den Retter der Welt. Mann, hier beginnt 'ne neue Zeitrechnung. Ich will mich gar nicht beruhigen. Aber ja, ja ...

Okay, ich kann auch etwas leiser sprechen.

Toll war auf jeden Fall, dass uns der Engel noch eine genaue Beschreibung gab, wo wir diesen Christus finden sollten. Natürlich wollten wir sofort losmarschieren und nachsehen. Aber vorher mussten wir uns noch ein Konzert anhören. Auf einmal war der Engel nicht mehr alleine. Neben ihm stand plötzlich eine Riesenmenge von diesen Himmelswesen. Ich weiß, dass es unglaublich klingt. Aber, auch wenn ich mich jetzt hier wiederhole, ich sagte Ihnen ja von vornherein, dass Sie sich wahrscheinlich sehr wundern werden über das, was ich Ihnen berichte. Also, da stand wirklich eine Riesenmenge. So eine Art Gospelchor. Man müsste wohl eher sagen Himmelschor. In einer Art Sprechgesang, fast rapmäßig lobten sie Gott mit den Worten: „Ehre sei Gott in der Höhe und Friede auf Erden den Menschen seines Wohlgefallens."

Als sie fertig waren verschwanden sie genauso plötzlich wie sie gekommen waren. Und es wurde auf einmal wieder dunkel und still um uns herum. Aber in mir, da war es taghell. Ich glaube, so wach war ich noch nie in meinem Leben. Meinen Kollegen ging es genauso. Zuerst redeten wir ganz aufgeregt durcheinander. Bis dann unser Schichtleiter vorschlug nach Bethlehem in die Stadt zu gehen und nachzusehen, ob das wirklich passiert ist, was Gott uns durch die Engel hatte mitteilen lassen. Die Tiere würden schon eine Weile ohne uns auskommen.

So sind wir losmarschiert. Wir brauchten gar nicht lange zu suchen. Schon nach kurzer Zeit hörten wir Babygeschrei. Und in dem Stall einer Herberge, hier ganz in der Nähe, lag das Kind in Windeln gewickelt, in einer Krippe. Genau so, wie der Engel es gesagt hatte. Maria, die Mutter, und Josef, ihr Mann, saßen daneben auf einem Strohballen, völlig erschöpft, aber glücklich. Maria lag allerdings mehr, als dass sie saß. Na ja, wie das halt so ist nach einer Geburt.

Da lag nun dieser Christus genau vor uns. Hier, mitten in Bethlehem. Ich musste an die Worte denken, die in der Schriftrolle des Propheten Micha stehen und die ja auch manchmal in der Synagoge gelesen werden: „Aus Bethlehem soll kommen, der in Israel Herr sei, dessen Ausgang von Anfang und von Ewigkeit her gewesen ist.."

Und ich wusste genau, der ist für mich geboren. Für mich normalen Menschen. Ganz persönlich. Genau erklären kann ich das gar nicht. Und ob ich es jemals bis ins Detail kapieren werde, weiß ich auch noch nicht. Aber wenn dieser Christus schon jetzt als kleines Baby mein Leben anfängt auf den Kopf zu stellen, dann bin ich gespannt darauf, was er in meinem Leben bewerkstelligt, wenn er erst einmal erwachsen ist. Dass mich eine Begegnung so verändern kann, hätte ich bisher nicht für möglich gehalten. Aber es ist tatsächlich passiert.

Wie bitte? Nee nee, ... Nein, Danke, Herr Wirt, jetzt möchte ich keinen Kaffee mehr. Ich will jetzt nach Hause. Meiner Familie von meinen Erlebnissen erzählen. Ihnen kann ich nur einen Tip geben. Schließen Sie Ihren Laden kurz zu und schauen Sie sich diesen Christus an. Nehmen sie sich Zeit für diese Begegnung. Er ist gar nicht weit weg von Ihnen. Ganz in Ihrer Nähe.

Der Bericht von Jesu Geburt aus der Sicht eines beteiligten Hirten Frei nach Lukas 2,8-20 (Neues Testament / Die Bibel)

DER TYRANN
von Frank Bonkowski

Ich bin anscheinend der einzige Bösewicht in dieser berühmten, rührenden Geschichte voller freundlicher, wunderbarer Menschen. Dabei habe ich einfach nur versucht, das zu bewahren, was ich mir hart erarbeitet hatte und was mir von Rechts wegen zustand.

Sicher, ich habe mal wieder einige Familien gegen mich aufgebracht, es sind ein paar Kinder umgekommen, Kollateralschaden nennt man das wohl heutzutage.

Manchmal werde ich deswegen als machtbesessener, kindermordender Tyrann beschrieben. Mag sein. Aber verurteilen Sie mich nicht zu voreilig. Was wären Sie denn im Stande zu tun, wenn Sie das bewahren müssten, was Sie sich so hart erarbeitet haben? Um bei anderen beliebt zu sein? Um Ihr kleines Königreich zu bewahren?

Ich war durch ein paar geschickte Schachzüge und Geldgeschäfte auf den Thron gekommen, gegen den Willen der jüdischen Gelehrten, weil ich „rein technisch" gar kein gebürtiger Jude war, obwohl ich von

Kindheit an alle jüdischen Riten eingehalten habe - und da gibt es ja so einige.

Es ist doch selbstverständlich, dass mir sehr daran gelegen war, es mir auf dem Thron gemütlich zu machen und meine Macht über meinen Tod hinaus zu etablieren. Welcher König will das nicht?

Und das war schwierig genug in dieser Zeit, in der man ständig die Balance halten musste, um einerseits die allmächtigen römischen Herrscher gnädig zu stimmen und es sich gleichzeitig mit den religiösen Fanatikern nicht zu verscherzen, die in meinem Volk so viel Beachtung genießen. Es war ein Spagat!

Für die Römer sorgte ich mit harter Hand für Ordnung und unterdrückte jeglichen Widerstand in meinem Volk. Ich engagierte mich für den Erhalt der Olympischen Spiele und ließ Samaria ausbauen zu Ehren von Caesar Augustus. Und natürlich sammelte ich Steuern für sie ein. Tempelsteuer, Besatzungssteuer, für alles hatten wir eine Steuer. 75% ihres Einkommens quetschte ich aus dem Volk heraus. Viele verloren dadurch ihre Höfe oder wurden versklavt, aber um meinen Status bei den Römern nicht zu verspielen, hätte ich sogar noch mehr aus diesen armen Seelen herausgeholt wenn es irgendwie gegangen wäre.

Nicht, dass ich nicht auch eine fürsorgliche Seite habe. Nach einer großen Dürre vor 25 Jahren gab es eine Hungersnot und Seuchen. Damals ließ ich in Ägypten Getreide kaufen und erließ den Bürgern ein Drittel ihrer Steuern. Das war doch nett. Eine Ausnahme zwar, aber nett.

Dass ich sonst einen eher weniger netten Eindruck machte, machte mich bei meinen eigenen Leuten natürlich nicht unbedingt beliebter. Deswegen, und weil mir die Römer einen schwelenden Aufstand als Schwäche ausgelegt hätten, sah ich mich gezwungen, dem Volk meine religiöse Seite zu zeigen. Ich ließ einen bombastischen Tempel bauen! Zur Ehre Gottes natürlich. Natürlich! Das sollte diese religiösen Trottel doch wohl stolz auf mich machen, so dass sie zukünftig mit Ehrfurcht über mich reden würden. Über mich, den König, der einen Tempel gebaut hatte, größer und schöner als der gute alte Salomon damals. Und wehe, wenn nicht.

So ein Tempel baut sich natürlich nicht von alleine und wieder einmal brauchten wir Ideen, wie wir noch mehr Steuern aus den Menschen herausholen konnten. Irgendwann kam uns die Idee einer Steuerzählung, für die jeder Jude in seine Heimatstadt ziehen musste, um sich dort eintragen zu lassen. Diese Aktion sollte uns das Geldeintreiben erleichtern.

Sie sehen, meine Furcht, das Amt, das mir zustand, zu verlieren, war durchaus begründet. Dass sich keiner meiner Söhne aus sieben Ehen als geeigneter Nachfolger herauskristallisierte, so dass ich mich ständig gezwungen sah, mein Testament zu ändern, half auch nicht gerade. Wie gesagt, es war ein Machtkampf, den ich mit allen Mitteln gewinnen musste.

Gerade in diesen Jahren der Volkszählung wurde ich dann an einen dritten Gegner erinnert, der mir angeblich den Thron streitig machen wollte. Eines Nachmittags bekamen wir im Palast Besuch von ein paar Sterndeutern, die auf ihren Kamelen von weit her gereist waren, weil sie angeblich einen Stern gesehen hatten, den sie dahingehend deuteten, dass in unserer Gegend ein großer König geboren worden war, dem sie Geschenke bringen wollten. Als ob die Dinge nicht schon kompliziert genug waren!

„Was wollt ihr ihm denn schenken?", wollte ich wissen.

„Gold, als Zeichen seiner Herrschaft!", sagte der erste.

„Weihrauch, weil er nicht nur König, sondern auch Priester dieses Volkes sein soll!", sprach der nächste dieser äußerst interessanten Männer.

„Und das letzte Geschenk verstehen wir selber nicht so ganz", murmelte ein Dritter fast zu sich selber. „Myrrhe, das Balsam, das ihr zum Bestatten der Toten benutzt. Irgendwie muss das Sterben wichtig sein im Leben dieses wundersamen Mannes!"

„Wenn an eurer Geschichte etwas dran ist, dann wird der wundersame Mann die Myrrhe früher brauchen als ihm lieb ist", dachte ich, aber gesagt habe ich das natürlich nicht. Im Gegenteil, ich versprach meine Hilfe und ließ mich von meinen Schriftgelehrten, richtig, diesen religiösen Fanatikern, beraten, ob es denn in unseren Schriften auch etwas zu lesen gab über einen möglichen König, einen Priester, dessen Einbalsamierung wichtig war.

„Tatsächlich!", berichteten die Gottesmänner mit strahlenden Augen. „In der Geburtsstadt Davids, in Bethlehem, soll der Sohn Gottes, der Messias geboren werden. So haben es die Propheten vorhergesagt. Könnte dies die Zeit sein, in der Gott sein Versprechen wahr macht und unserem Volk einen Retter schickt?"

Warum sind eigentlich alle um mich herum so froh über einen neuen König? Ich war fast wahnsinnig vor Neid, vor Wut, und Ja, ich gebe es zu, vor Angst. Was würde mit mir geschehen, wenn mir dieser „wunderbare König" gegenüberstehen, mich von meinem Thron stürzen würde, wenn ich abdanken müsste. Wenn einer meine Herrlichkeit überstrahlte?

Nein, das durfte einfach nicht geschehen!

Ich schaffte es irgendwie, meine panische Angst in einen Plan zu kanalisieren. „Folgt eurem Stern!", sagte ich zu den Astrologen. „In Bethlehem, der Stadt unseres Königs David, werdet ihr ihn finden, wenn ihr Recht behalten sollt. Geht dorthin, huldigt ihm und dann kommt zurück zu meinem Palast und gebt mir Bericht. Dann werde ich selber dorthin gehen um diesen wunderbaren Messias anzubeten." Und im Stillen ergänzte ich: Und ich werde mit meinen Soldaten kommen und mein Schwert wird geschärft sein und diese Gefahr für meinen Thron wird in seiner eigenen Blutlache ein Ende finden!

Meinen Spionen zufolge haben diese komischen Orientalen tatsächlich jemanden gefunden, dem sie ihre Geschenke gegeben haben. Ein kleiner Junge von erbärmlich armen Eltern. Soll nicht gerade wie eine königliche Familie ausgesehen haben. Ihr Versprechen haben sie auch nicht eingehalten, diese kamelreitenden Betrüger.

Direkt zurück in ihren Orient sind sie, ohne mir Bescheid zu geben, wo genau sich die kleine Familie aufhielt.

Und ich werde sie einfach nicht mehr los, diese Albträume, jetzt, kurz vor dem Ende, noch alles zu verlieren.

Also musste ich handeln. Um ganz sicher zu sein, befahl ich meinen Männern in der Nacht loszureiten und alle Jungen unter drei Jahren zu töten. Gerne haben die Soldaten den Auftrag nicht ausgeführt. Ich habe ihre Verachtung gespürt. Was sollte ich denn machen? Darauf warten, dass mir alles genommen würde, was ich bin, was ich mir verdient hatte?

Meine Hoffnung war gewesen, in dieser Nacht endlich wieder ruhig schlafen zu können. Aber irgendwie habe ich seitdem nie wieder geschlafen. Sicher, ich war unheilbar krank und hatte starke Schmerzen, aber das hatte ich bisher immer kontrollieren können.

Dies war anders! Ich bin immer noch König, ich arbeite immer noch sehr hart daran, meine Macht auszubauen. Aber die Albträume bleiben.

Es ist nicht einmal die Angst meinen Widersacher nicht erwischt zu haben. Einer meiner Spione ist sich sicher, wir haben damals die falschen Kinder getötet und es hält sich das Gerücht, der „Retter" wäre mit seinen Eltern nach Ägypten geflohen und könnte irgendwann wieder kommen.

Soll er doch kommen! Ich bin klug und habe meine Macht immer verteidigen können. Ich bin einfach nur so müde. So unglaublich erschöpft!

Nein, da ist noch etwas, dass mich nachts wach hält.

Meine Soldaten haben damals in der Nacht des Massakers, für die man mich nun wohl für immer in Erinnerung behalten wird, eine Tontafel gefunden. Auf diese mysteriöse Tontafel wurde ein Lied, ein Psalm eingeritzt. Mein Spion ist sich sicher, diese Worte stammen von der jungen Mutter dieses wundersamen Kindes.

Ich habe die Melodie dieses Liedes nie gehört. Aber ich höre die Worte jede Nacht, als Hintergrund für meinen Albtraum.

„Von ganzem Herzen preise ich den Herrn, und mein Geist jubelt vor Freude über Gott, meinen Retter. Denn er hat mich, seine Dienerin, gnädig angesehen, eine geringe und unbedeutende Frau. Ja, man wird mich glücklich preisen – jetzt und in allen kommenden Generationen. Er, der Mächtige, hat Großes an mir getan. Sein Name ist heilig, und von Generation zu Generation gilt sein Erbarmen denen, die sich ihm unterstellen. Mit starkem Arm hat er seine Macht bewiesen; er hat die in alle Winde zerstreut, deren Gesinnung stolz und hochmütig ist. Er hat die Mächtigen vom Thron gestürzt und die Geringen emporgehoben. Den Hungrigen hat er die Hände mit Gutem gefüllt, und die Reichen hat er mit leeren Händen fortgeschickt. Er hat sich seines Dieners, des Volkes Israel, angenommen, weil er sich an das erinnerte, was er unseren Vorfahren zugesagt hatte: dass er nie aufhören werde, Abraham und seinen Nachkommen Erbarmen zu erweisen."*

Na, das ist ja ganz was Feines. Ein Gesandter Gottes, der sich mit den Armen, den Unterdrückten dieser Welt solidarisiert, der die Mächtigen vom Thron stoßen wird. Wenn da etwas dran ist, dann verändert diese wundersame Geburt tatsächlich so einiges und jeder muss für sich selber entscheiden, ob das für ihn wirklich so eine gute Nachricht ist.

Während ich diese Zeilen verfasse, liege ich im Sterben. Mein Traum von einem vereinigten Reich wird trotz all meiner Anstrengungen nicht in Erfüllung gehen. Drei meiner Söhne, alle von unterschiedlichen Müttern, werden sich das Land teilen müssen.

Ich werde auf Nummer sicher gehen und habe bereits eine Gruppe von beliebten, angesehenen Männern auf einer Rennbahn in Jericho einsperren lassen. Meine Soldaten haben die Anweisung, sie am Tag meines Sterbens umbringen zu lassen. Das wird dafür sorgen, dass man in diesem Land weinen wird, wenn ich sterbe.

Die Frage des Wehklagens ist somit geklärt. Die Frage, die bleibt, ist, was passieren wird, wenn dieser wundersame kleine König der Liebe tatsächlich an die Macht kommt und dann doch sterben wird. Wie wird man sich an ihn erinnern und was wird von seinem Leben bleiben?

*1 Marias Psalm aus Lukas 2, 46-55 NGÜ

DER LETZTE WEIHNACHTSBAUM ERLEUCHTET DIE HÖLLE
Von Mickey Wiese

„Alle Jahre wieder, kommt das -krckskrieee- Christuskind auf die -qieeuuietsch- nieder", dudelte es leise aus dem verbeulten Kassettenrekorder, den sie auf einer verlassenen Raumstation gefunden hatten. Es war eines der letzten sogenannten Weihnachtslieder, Schlüssellieder, die irgendwo zwischen ihren Texten, Melodien und Rhythmen eine verborgene Botschaft enthielten.

„Alle Jahre wieder" war das Motto ihrer galaxisweiten Suche nach Erlösung geworden, und sie hatten als Zeichen für ihre Suche den Text in der Schrift der Ahnen über ihr gesamtes Raumschiff gemalt.

Ihre Suche hatte begonnen, als sie ein paar alte Schriften aus einer Engelsbarke gerettet hatten, die im Begriff war, auf die Sonne zuzudriften. In einer der Schriften hatten sie Hinweise auf die Koordinaten des Ursprungsplaneten gefunden.

Auf dem Ursprungsplaneten, hieß es in den kosmischen Legenden, sei der Erlöser geboren worden, der allein über den Durchgang durch die Entrückungsportale entschied. Auf andere Weise konnte man nicht in die goldene Stadt des Allmächtigen gelangen.

Und das letzte noch funktionierende Entrückungsportal sollte auf dem Ursprungsplaneten stehen. Es sollte sich außerhalb der linearen Zeitausbreitung in den jenzeitigen Landen, den Phylakä, befinden. Und der Portalmeister Christuskind sollte vor Tausenden von Jahren in einer nur drei Tage anhaltenden dyschronalen Anomalie den Weg dorthin gefunden haben. Dort hätte er dann, hatten sie im Petruslogion 1.Petrus 3,19 gelesen, den Seelen im Gefängnis gepredigt, die einst ungehorsam waren, als Gott in Geduld ausharrte zur Zeit Noahs, als man die Arche baute, in der wenige, nämlich acht Seelen, gerettet wurden durchs Wasser hindurch. Das hatten sie als Hinweis darauf verstanden, dass man zum einen nur in Achtergruppen durch die Portale gehen konnte und dass zum anderen die jenzeitigen Lande tatsächlich noch Bestand haben mussten, solange es lebende Seelen im linearen Raum-Zeit-Kontinuum gab. Und genau wie in diesem Text waren auch sie acht Seelen, die letzten Menschen eines sterbenden Universums.

Als sie mit Lichtgeschwindigkeit in das System des Ursprungsplaneten einflogen, starrten sie ergriffen auf den dunklen Planeten. Ihre Ortungsgeräte konnten zwar keine energetischen Impulse mehr anmessen. Aber dort sollte er unter einem großen ewigen Licht geboren worden sein, der Portalmeister Christuskind, von einer Hominiden namens Maria. Unfassbar, dass es ausgerechnet in diesem entlegenen Teil der Milchstraße eine

Gottesgebärerin gegeben haben sollte, eine Theokotos. Mittlerweile war diese Spezies bereits aufgestiegen und lebte wie so viele andere in der goldenen Stadt Jerosolymorum. Diese gigantische Chronosphären-Arche zog ihre ewige Bahn durch das Multiversum, die allumfassende Schöpfung des Allmächtigen, geschützt durch einen Paros-Schattenschirm, der die Stadt durch eine Teilentmaterialisierung teilweise aus dem Normalraum entrückte.

Die letzten acht Seelen brachten ihr Raumschiff in eine stabile Umlaufbahn um den Ursprungsplaneten, rekalibrierten ihre Ortungsgeräte und begannen die Oberfläche noch einmal zu scannen.

Sie suchten das Zeichen des Tannenbaums. Denn so hieß es in einem anderen kryptischen Liedtext, dass das Kleid des Tannenbaums die Portalsucher etwas lehren wolle, also den Code für die Benutzung des Entrückungsportals. Seine Blätter seien treu und beständig, hieß es dann weiter. Das ließ sie darauf hoffen, doch noch eine schwache energetische Signatur eines leuchtenden Weihnachtsbaums zu finden.

Nachdem nämlich auch die Nachfolger des Portalmeisters nach Jerosolymorum aufgestiegen waren, starben die übrig gebliebenen Seelen im gesamten Universum nach und nach an der merkwürdigen Black-Hole-Seuche, die wie kleine schwarze Löcher alle Lebensenergie nach innen verkrümmte, bis nichts mehr zum Leben vorhanden war.

Und wenn der letzte Mensch gegangen sein würde, sagten alte Berechnungen, könnte es noch ca. 144 Jahre dauern, bis auch der letzte blinkende Tannenbaum auf dem höchsten Gebäude des Ursprungsplaneten erlosch. Nach diesem 828 Meter hohen Turm des Gottesgesandten, dem Burj Khalifa in Dubai, suchten sie jetzt. Hoffentlich waren sie nicht zu spät gekommen.

Aber nein, da, auf der Außenterrasse der 148. Etage, der mit 555,77 Metern ho?chsten häuslichen Aussichtsplattform auf dem Ursprungsplaneten, stand er und leuchtete, ein echter Weihnachtsbaum, treu und beständig, auch wenn sein Licht schon bedenklich flackerte.

Mit immer wieder auf ihrer langen Reise eingeübten Handgriffen speisten sie die Lichtsequenz des Tannenbaums in den Portalfrequenzmodulator ein, den ihnen ein alter Erzengel auf Ambrosia VII überlassen hatte, einem Planeten des letzten Sonnensystems vor dem großen Leerraum zwischen Milchstraße und Andromeda. Dazu zitierten sie im vorgeschriebenen Rhythmus die alten Worte und hofften inständig, dass sie die Texte korrekt entziffert hatten: „Alle Jahre wiederkommt / der Portalmeister Christuskind / auf die Erde nieder, / wo wir acht Seelen sind. / Kehrt mit seinem Segen / ein ins höchste Haus, / geht auf Achter-Wegen / mit uns ein und aus. / Ist auch mir zur Seite / still und unerkannt, / dass er treu mich leite / in die jenzeitigen Lande."

Sie hatten die Worte kaum gesprochen, da flimmerte die Luft vor ihnen, und sie sahen vor sich die Portalkonsole in Form einer liegenden Acht, dem Symbol der Glückseligkeit und des ewigen Neuanfangs. Sie stellten sich im Kreis um die Portalkonsole und berührten sie gemeinsam an den acht vorgesehenen Vertiefungen. Und von einem Augenblick auf den anderen standen sie plötzlich in einem weiten dunklen Raum.

Ein leichtes Ziehen im Nacken verriet ihnen, dass der Transfer aus der linearen Zeitausbreitung heraus in die jenzeitigen Lande funktioniert haben musste. Und obwohl sie die Anwesenheit unzähliger anderer Seelen wahrnehmen konnten, war es unmöglich, Verbindung zu anderen Achtergruppen aufzunehmen. Die jenzeitigen Lande machten den Eindruck einer großen dunklen Leere, wie man sie sonst eben nur vom Raum zwischen großen Galaxien kannte oder von dem phylakischen Gefängnis, mit dem man den jungen Kindern Angst machte, wenn sie nicht hören wollten.

Alle schienen auf etwas zu warten, aber es passierte nichts. Ängstlich hielten sie sich an den Händen. Ihres Wissens nach waren sie doch die letzten lebenden Seelen des bekannten Universums gewesen. Warum geschah dann nichts? Sollten sie das alte Petruslogion doch falsch verstanden haben?

Doch da wurde es auf einmal hell, ein Lichtstrahl fiel aus einer anderen Dimension in das Dunkel hinein. Und es strahlte hell auf über dem Volk, das im Finstern wartete. Auf dem Lichtstrahl schwebte der Portalmeister Christuskind in das phylakische Gefängnis, gefolgt von himmlischen Heerscharen, bestehend aus Engeln, Theokotoi, Verkündern, Thronoi, Blutzeugen und vielen anderen. Und sie alle sangen das wunderschönste Lied, das im Multiversum jemals erklungen war: „Herrlichkeit des Christuskinds in der Höhe, das goldene Strahlen Jerosolymorums, und Friede auf dem Ursprungsplaneten in den Seelen des Wohlgefallens, der Schlüssel zum Aufstieg!" Dann entzündete der Portalmeister Christuskind höchstpersönlich den letzten Weihnachtsbaum mitten im dunklen phylakischen Gefängnis, und sein Leuchten bahnte sich einen Weg durch die Nasen aller Anwesenden und machte sie wieder zu lebenden Seelen, indem sie den Verkrümmungsvektor der Black-Hole-Seuche auflöste.

Und als alle wieder mit dem Herzen hören und sehen konnten, fing der Portalmeister Christuskind an zu predigen. Von einem Gott, der alle Geschöpfe bedingungslos liebt, erzählte er, und dass dieser Allmächtige sie alle nach Hause holen wolle und dass in der goldenen Chronosphären-Arche noch genügend Platz für jeden Einzelnen aus den jenzeitigen Landen sei und niemand im phylakischen Gefängnis bleiben müsse. Und sie hörten ihm zu, die Prostituierten, Freier, Atheisten, Gläubigen, die Mörder, die Steuerhinterzieher, die Kindersoldaten, die den Eltern Ungehorsamen, die Börsenspekulanten, die Gleichgültigen und Leidenschaftlichen, Kreativen und Verwaltungsbeamten und aus welchen Hintergründen sie alle kamen. Und sie begannen zu weinen, tief erschüttert über die Erkenntnis, dass die Augen ihrer Herzen durch die Umstände des Lebens erblindet waren und dass sie den Stern, der ihren Namen trug, unter all dem Mist nicht mehr gefunden hatten, nicht mehr hatten finden können. So oder so ähnlich waren sie alle in den jenzeitigen Landen gestrandet. Doch jetzt streckte der Portalmeister Christuskind seine Hand aus und bot jedem eine sichere Passage durch das letzte funktionierende Erlösungsportal an. Gegen alle metaphysikalischen Regeln reichte dafür schon der kleinste Funken Vertrauen in seine Botschaft aus. Und binnen eines Wimpernschlags war das phylakische Gefängnis leer und die Mission Weihnachten endlich erfüllt.

Darum singt man seit Äonen an allen Orten des Multiversums davon, dass der letzte Weihnachtsbaum in der Hölle brennt!

Eine Science-Fiction Weihnachtsgeschichte, inspiriert von der „Höllenfahrt Christi" nach 1.Petrus 3,19

WEIHNACHTSWUNDERBLUMEN HINTER GITTERN
Von Thomas Klappstein

Als Musiker hatte er Weihnachten schon in sehr, sehr unterschiedlichen Situationen verbracht: im Krankenhaus, auf Tournee, auf winterlichen Kreuzfahrten, in Jugendzentren und einmal sogar in einem Gefängnis.

Das war sicherlich sein eindrucksvollstes Weihnachten: Damals war er von einer Gruppe von Strafgefangenen, die sich um einen Gefängnisseelsorger herum gebildet hatte, mit dem er befreundet war, in einem langen und herzlichen Brief gefragt worden, ob er ihnen in der Weihnachtszeit nicht ein Konzert geben könnte. Solch eine Anfrage ist eigentlich nichts Außergewöhnliches. – Seit Anfang seiner Profession als Sänger hatte er immer wieder sogenannte Knastkonzerte gegeben – auch inspiriert von Jonny Cashs Gefängniskonzerten in San Quentin und im „Folsom State Prison", wo dieser mit seinem Song „Folsom Prison Blues", den er schon 1953, während seiner Zeit bei der US-Army in Deutschland geschrieben hatte, sein Konzert eröffnete. Damals wurde mitgeschnitten und dann die Aufnahme als eines seiner besten Live-Alben verkauft.

An so etwas wie einen Livemitschnitt im Knast hatte er auch schon mal gedacht, aber dann bisher doch nicht die Energie gefunden, dieses Projekt einfach mal anzugehen. Inzwischen müsste er aber in nahezu allen deutschen und etlichen Gefängnissen im deutschsprachigen europäischen Ausland mindestens einmal aufgetreten sein.

Er mag solche Konzerte, weil sie meistens eine sehr eindrucksvolle Atmosphäre haben; die Zuhörer sind entweder geballt gegen einen, oder sie sind stark für einen. Normalerweise hatte er gerade bei diesen Konzerten sehr gute Resonanz mit den Spirituals und den Liedern, die er singt, weil in der bedrückenden Gefängnissituation dieser Freiheitsgeruch und der Ruf nach Würde jener Sklavensongs besonders deutlich wird.

In dem Gefängnis, aus dem der Brief kam, hatte er schon zweimal gesungen; einmal etwa fünf Jahre und einmal knapp ein Jahr vor jenem Brief. An einige Leute konnte er sich erinnern, an Gespräche, vor allem an jenen Pfarrer, dessen Stil und Arbeitsweise er irgendwie großartig fand. Auch deshalb hätte er sehr gerne zugesagt – aber er hatte keinen einzigen freien Termin mehr. Der gesamte Dezember war, wie auch die letzten Jahre, für eine Deutschland-Tournee mit befreundeten Musikerkollegen reserviert. Also schrieb er das den Gefangenen, zwar mit großem Bedauern, aber leider sei nichts zu ändern. Bis zum 23.12. hätte er jeden Tag ein Konzert.

Ein paar Tage später kam Rückpost – man muss dazu wissen, ein Internetzugang für die Insassen im Gefängnis ist aus Sicherheitsgründen bis heute kaum gestattet. Nur in Ausnahmefällen und manchmal als Pilotprojekt. Also kam eine Rückantwort bzw. -anfrage per Brief: Ob er denn nicht eventuell und ausnahmsweise am 24. Dezember zu ihnen kommen könnte – auch wenn sie natürlich wüssten, dass diese Frage eigentlich eine Zumutung sei. Und sie würden ja auch viel lieber zu ihm kommen, in irgendein Konzert in der Nähe, aber das sei nun mal für die nächsten paar Jahre für die meisten von ihnen unmöglich, und so viele hätten beste Erinnerungen an sein Konzert vom Vorjahr, ob er denn nicht vielleicht doch ...

Sensibel wie er war, bewegte ihn diese Anfrage, vor allem, weil die Gefangenen schrieben, das es bei ihnen keine Freigänger oder Leute mit Weihnachtsurlaub gäbe, wie es in etlichen anderen Strafanstalten möglich ist. Die Leute in jenem Knast gehörten generell zu einer Sicherheits-Verwahr-Stufe, wo solche Erleichterungen ausgeschlossen waren. Also fragte er per Email bei seinen sonst üblichen musikalisch-instrumentalen Begleitern herum, einige telefonierte er auch an, ob einer sich vorstellen könnte, mit ihm am Heiligabend dieses Konzert zu geben. Ein befreundeter Gitarrist war, als er ihm den Brief der Gefangenen am Telefon vorlas und dann auch noch eingescannt und zugemailt hat, nach einer kurzen Bedenkzeit bereit dazu.

Nach seiner vorweihnachtlichen Advents-Tournee war er dann eigentlich ziemlich erschöpft – es waren immerhin dreiundzwanzig Konzerte in Folge gewesen, den ganzen Dezember hindurch. Müde war er, abgespannt und heiser. Nur ein halber Tag zu Hause, angefüllt mit Wäschewaschen und In-den-Trockner-Stopfen, Post lesen, Anrufbeantworter abhören, die letzten Emails checken – dann stand sein Musikerfreund am späten Vormittag des vierundzwanzigsten Dezember mit Gitarre und Gesangsanlage vor seiner Tür. Nun denn, also los!

An der Gefängnispforte klingeln, Ausweise vorzeigen, Besucherschein unterschreiben, durch das riesige Metalltor in den Hof fahren, ausladen. Währenddessen kam der Pfarrer, dessen Stil und Arbeitsweise er irgendwie großartig fand und begrüßte sie freundlich und freudig. Er hatte zwei Gefangene dabei, die den beiden Musikern beim Tragen halfen. Ein paar Treppen hinauf mit Verstärker, Boxen, Stativen, Instrument; dann durch etliche Flure – immer wieder warten vor massiven Gittern, bis auf- und zugeschlossen war, immer wieder das stählerne Schnappen der riesigen Schlösser, das Klirren der Schlüsselbunde oder das Summen der Schließanlage, je nachdem mit welchem Sicherheitssystem die einzelnen Schließanlagen versehen waren. Jedesmal war es wieder neu deprimierend.

In der Anstaltskirche – ein grauer Bau, ramponiert und riesig hoch – stand ein mickriges Weihnachtsbäumchen herum, mit elektrischen Kerzen und ein paar Strohsternen behängt, die ihn noch erbärmlicher und armseliger aussehen ließen. Sie bauten auf, machten den Soundcheck und die beiden Inhaftierten halfen tatkräftig. Dann hatten der Sänger und sein Musiker eine knappe Stunde Wartezeit bis zum Konzertbeginn.

Der Pfarrer lud sie und die beiden Helfer in sein Büro ein, machte Kaffee, hatte sogar einen Teller mit Spekulatius besorgt. Das Programm wurde besprochen und der Pfarrer berichtete aus seiner Arbeit. Die beiden Helfer erzählten, dass eine große Erwartung unter den Kollegen herrschte und eine Menge Freude, dass er, zusammen mit seinem Musikerfreund, es wirklich wahr gemacht hat und sie zusammen gekommen seien. Und es gäbe eine Überraschung – nein, was für eine Überraschung, wollten sie noch nicht verraten, sonst sei's ja keine Überraschung mehr, aber auf alle Fälle wär's eine größere Sache ... Nun wurde er, der Sänger ziemlich neugierig, der Gitarrist begann, Witzchen zu machen: Vielleicht käme die Überraschung nach dem Konzert, dass man die beiden nicht wieder herauslassen würde ... Naja!

Auf einmal Schritte auf dem Gang, Rufe, Schlüsselklirren: „Jetzt lassen die Beamten die Jungs in die Kirche", sagte der Pfarrer, „warten wir noch einen Moment, es dauert immer ein bisschen, bis die vom anderen Haus hier sind!" Der Musiker stimmte nochmal seine Gitarre, der Sänger räusperte sich und sang sich die Kehle frei, dann verschwand der Pfarrer für einen Moment. „Der macht's aber heute geheimnisvoll", murmelte der Gitarrist – eine Minute später war der Pfarrer wieder da, grinste breit und sagte: „So, nun können wir gehen!"

Er ging voraus, zwei Türen – sein Büro war direkt neben der Kirche -, dann standen die beiden Musiker in der Kirche, starr vor Staunen, schauten um sich herum, hörten vor Verblüffung nicht einmal das Klatschen und Johlen der etwa vierhundert Inhaftierten:

Die gesamte Kirche schwamm regelrecht in Blumen und Kerzen – Blumen auf den Altartreppen, Blumen auf den Bankseiten, gefüllte Vasen im Mittelgang, Blumen neben den Boxen – und überall dazwischen Konservendosen, mit Wachs oder Stearin gefüllt, hell brennend. Dazu sollte man wissen, dass Wachs in allen Gefängnissen der Welt hochbegehrt ist, weil man mit selbstgebastelten Kerzen, Brotresten und abgezweigtem Zucker verbotenerweise, aber eifrig Alkohol, Fusel, herstellen kann. Wenn also die Gefangenen hier für dieses Konzert so viele Kerzen hergestellt und angesteckt hatten, dann war das wirklich eine ganz, ganz große Sache, dann verzichteten sie auf eine Menge an selbstgebranntem Schnaps.

Einer der Gefangenen aus der ersten Reihe stand auf und schrie über den Begrüßungslärm hinweg: „Eih, Ruhe im Bau!" und sagte dann, an die beiden Musiker gewandt, die immer noch starr vor Erstaunen rumstanden: „Also, wo ihr das letzte Mal hier ward, da hast du, Andy, gesagt, dass du Blumen magst. Und du weißt ja, paar von uns arbeiten hier inner Anstaltsgärtnerei; und da hat uns der Chef erlaubt, dass wir nach Feierabend bisschen rumgärtnern, um in den letzten drei Monaten diese Blumen hier für euer Konzert zu pflanzen und zum Blühen zu kriegen, auf zwei freien Beeten im Gewächshaus. Die sind alle hier aus der Anstalt, und wir hoffen, dass es euch 'ne Freude macht!"

Er, Andy, hatte einen Riesenkloß in der Kehle, während die beiden Musiker nach vorne zur Bühne und zu

70

ihren Mikrofonen gingen; rumgärtnern nach Feierabend hatte der Sprecher der Gefangenen gesagt – im Gefängnis drücken sich doch die meisten vor der Arbeit, soweit das nur irgendwie möglich ist, weil die Bezahlung so schlecht ist, dass die Gefangenen den Eindruck haben, es lohne sich überhaupt nicht. Wenn er sich nun aber die Menge der Blumen betrachtete, Astern, Dahlien, sogar einige Rosen, die auf ihren Barhockern lagen, wenn er das alles sah, dann wusste er, wieviel Arbeit das gemacht haben muss, um diese ganze Pracht im Dezember zum Blühen zu bringen.

Nun stand er vor seinem Mikrophon, hatte die Rosen von ihren Barhockern in die Hand genommen, damit sein Mitmusiker sich setzen und die Gitarre auf den Schoß nehmen konnte und wollte etwas sagen, um seine Gefühle zum Ausdruck zu bringen. Er wollte in die Gesichter der Männer hineinschauen, die ihn erwartungsvoll anschauten, diese jungen und alten Gesichter, die vernarbten, harten, weichen, tätowierten Gesichter, wollte ihnen erklären, wie wunderbar und wie unerwartet das alles für ihn sei – aber er bekam kein Wort raus: Lachen und Weinen saßen ihm gleichzeitig in der Stimme. Soviel hatte er zu sagen, dass er gar nichts sagen konnte. Da rettete der Gitarrist die Situation: Ohne einen Blick auf ihr sorgfältig überlegtes Programm zu werfen, schaute er auf die Rosen in der Hand seines Sangeskumpel, griff einen sanften Akkord und zupfte die Einleitungstöne eines großen alten Weihnachtsliedes. Er, Andy, schloss die Augen und begann zu singen.

Spürte diese Gefängnisrosen in seiner Hand, spürte die Wärme der Sträflinge, spürte die Harmonie der Gitarre und sang dieses Lied, wie er noch selten in seinem Leben ein Lied gesungen hatte. Bei der zweiten Strophe begannen einige mitzusummen, immer mehr, dann erinnerten sich einzelne an den Text, fielen mit ihren rauhen Stimmen ein, sangen, als wären sie zurückversetzt in ihre Kindheit, vor all den Entgleisungen ihres Lebens, vor Straftaten und Gefängnis. Seitdem ist ihm dieses Lied ein besonderes, ein sehr geliebtes und heiliges:

„Es ist ein Ros entsprungen aus einer Wurzel zart; wie uns die Alten sungen, von Jesse kam die Art: Und hat ein Blümlein bracht, mitten im kalten Winter, wohl zu der halben Nacht."

„DER TAG, AN DEM ICH WEIHNACHTEN KAPIERTE" — ADVENTLICHE EINBLICKE IN DAS TAGEBUCH EINER PASTOREN-TOCHTER

von Frank Bonkowski

Dienstag, 24. November

Heute sind tatsächlich schon die ersten Schneeflocken gefallen. Es war richtig kalt, als ich mit dem Fahrrad nach Hause gefahren bin.

Eigentlich wollte ich mich ja in der Schule zum Endspurt bereit machen, um die letzten Klassenarbeiten des Jahres noch irgendwie zu überstehen, aber ich habe keinen Bock mehr auf Schule.

Ich meine damit nicht den ganzen Lernkram, der fällt mir ja zum Glück ziemlich leicht. Ich meine diesen blöden Zickenterror in unserer Klasse. Es macht einfach keinen Spaß mehr! Die Mädchen sind so fies! Aufstehen, fertig machen, losfahren, die Treppen hoch in unseren Klassenraum. Das ist jeden Morgen echt eine Überwindung. Hoffen wir mal, dass der Tag morgen irgendwie besser wird.

Mittwoch, 25. November

Besser war dieser Tag auf jeden Fall nicht. 45 Minuten früher bin ich heute aufgestanden, nur weil ich Angst vor Laura habe. Diese Obertussi sitzt seit ein paar Wochen tatsächlich vor der Tür und macht, wie so ein römischer Cäsar, den Daumen rauf oder runter, um ihren Untertussis zu zeigen, wie sie dein Outfit findet. Und wenn sie den Eindruck haben, dass du dich falsch angezogen hast, wirst du gleich zur Begru?ßung erstmal von der halben Klasse ausgelacht. Keiner traut sich etwas dagegen zu unternehmen. Heute war ich mal wieder dran, weil meine Jacke ihrer Meinung nach farblich nicht zur Hose passte. Blöde „Möchte-Gern-Heidi-Klum"! Es war mir total peinlich. Irgendwie auch, dass mir das blöde Gerede so viel ausmacht. Dann hab ich auch noch vor all den anderen losgeheult, und genau in dem Moment kommt unser doofer Klassenlehrer rein und fragt mich vor der ganzen Klasse, ob es mir nicht gut ginge. Mega unangenehm das. Am liebsten würde ich die Schule wechseln.

Sonnabend, 28. November

Normalerweise rede ich ja nicht viel über meinen Glauben, aber als Papa mich gefragt hat, wie es mir geht, habe ich ihm nach langer Zeit mal erzählt, was bei uns los ist. Und sogar, ob er mal für die Situation in meiner Klasse beten könnte. Mein Vater ist Pastor, der kennt sich also aus mit sowas.

Bevor er gebetet hat, hat er mich aber gefragt, wie ich denn das Gebet beantworten würde, wenn ich Gott wäre. Gute Frage. „Ich würde so einen Anti-Zicken-Computerchip erfinden, und den würde ich den Zicken dann nachts, wenn sie schlafen, ins Gehirn einpflanzen. Wenn sie aufwachen, könnten sie einfach keine Zicken mehr sein", habe ich geantwortet.

Papa meinte, dass er die Idee ganz cool fände, aber er sich nicht sicher sei, ob Gott, dem unser freier Wille wichtig zu sein scheint, so eine Idee unterstützen würde.

Dann haben wir gebetet. Mit „Schöpfer von Zicken und Guten und Bösen" hat Papa Gott angesprochen und dann gebetet, dass der die Situation irgendwie zum Guten lenken möge.

Wir haben beide nicht viel Hoffnung gehabt, dass unser Gebet die Lage tatsächlich verändern könnte. Trotzdem hat es irgendwie gut getan.

Freitag, 18. Dezember
Wow, jetzt habe ich fast einen Monat lang nichts in mein Tagebuch geschrieben.

Warum finden immer alle Lehrer, dass alle Klassenarbeiten in die letzten beiden Wochen vor die Ferien gequetscht werden müssen?

Heute ist etwas ziemlich Spannendes im Konfirmandenunterricht passiert. Mein Vater, der ja auch mein Pastor ist, hat erzählt, wie schwer es vor 2000 Jahren gewesen sein muss, unter der Unterdrückung der mächtigen Römer zu leben und wie viele verzweifelte Gebete damals gen Himmel geschickt worden sind.

Und Gott ... tat scheinbar gar nichts. Jahrhunderte lang. Nichts. Schweigen.

Dann endlich kam die Antwort auf millionenfaches Fragen, Bitten, Flehen, Klagen: In einer Grotte in Bethlehem schreit ein Baby.

Ein verarmtes Paar aus einer schlechten Gegend war auf Befehl der Römer in die Stadt Bethlehem gereist, wo sie ein uneheliches Kind zur Welt zur Welt gebracht haben. Das wäre auch heute total fies, aus einer blöden Gegend zu kommen und als Teenager schwanger zu werden. Aber damals muss das richtig fies gewesen sein.

Jedenfalls wollte keiner diese Leute bei sich aufnehmen, und darum fand die Geburt in einem Stall statt. Jesus erstes Babybett war eine Futterkrippe, die ersten Gäste so ein paar Loser, die nach Schaf riechen, und eine Handvoll Astrologen. Zwar sangen Engel, und es leuchtet ein Stern, aber ...

Die Römer waren immer noch an der Macht und unterdrückten und quälten die Welt fröhlich weiter.

Gottes Idee von einer Gebetserhörung war hier auch kein „Anti-Unterdrücker-Computerchip" oder wenigstens jemand, der den Römern mal eins auf die Fresse gehauen hätte, sondern ein armseliges Baby. Na herzlichen Glückwunsch.

Mein Vater hat uns allen in der Konfi-Gruppe so ein Gebetbuch gegeben, in das wir jede Woche unsere Gebete schreiben sollen. Aber diesmal war die Aufgabe, Gebete zu formulieren über Dinge, die wir ungerecht finden.

Als wir damit fertig waren, sagte mein Vater zum Abschluss: „Ich kann euch nicht versprechen, dass Gott euch das gibt, was ihr euch wünscht, aber wenn mir die Weihnachtsgeschichte etwas beibringt, dann dass Gott mit uns ist. Dass er sich mit uns freut, wenn wir uns freuen, und mit uns weint, wenn wir traurig sind.

Je länger ich lebe, desto mehr lerne ich, dass das manchmal mehr hilft, als jemanden zu haben, der all meine Probleme aus dem Weg räumt."

Als wir später im Auto nach Hause fuhren, habe ich mich ein bisschen beschwert, weil ich glaube, dass Papa die Geschichte nur wegen meinem Stress mit den Zicken so erzählt hat. Er hat geantwortet, dass er natürlich an meine Situation denken musste. Diese Idee, dass Gott mit uns fühlt, sei ihm aber auch bei seinen eigenen Problemen wichtig.

Dann hat er noch gefragt, ob ich ihm erzählen möchte, was ich in mein Gebetbuch geschrieben hätte.

Wollte ich. „Ich habe Gott dann erinnert, dass meine Idee mit dem Anti-Zicken-Computerchip gar keine so schlechte Idee ist. Den Römern hätte ich damals übrigens auch eins aufs Maul gehauen, wenn ich Gott gewesen wäre."

„Aha", lautete sein kurzer Kommentar.

„Ich habe aber noch etwas geschrieben", fuhr ich fort. „Ich habe ihm dafür gedankt, dass Isa in meiner Klasse ist. Sie ist meine Freundin, und neulich, als es wieder besonders fies zuging und ich weinen musste, da hat sie sogar mit mir mitgeweint, und das hat echt gut getan. Ich bin wirklich dankbar, dass ich in dieser Situation nicht alleine bin."

„Ich glaube, du hast heute Nachmittag verstanden, warum Weihnachten ein so tolles Fest ist", hat er dann noch gesagt.

Und ich habe gedacht, dass er Recht haben könnte und ein armseliges Baby, das mich in meiner manchmal armseligen Welt besucht, ja vielleicht doch gar keine so schlechte Gebetserhörung ist.

Donnerstag, 24. Dezember

Der Heiligabendgottesdienst ist ja eigentlich langweilig, weil jedes Jahr kleine Kinder in Schafs- und Engelskostümen und Bademänteln auf der Bühne rumlaufen, bis man dann irgendwann Kerzen anzündet und ganz gerührt „Stille Nacht" singt.

Aber als sie dieses Jahr die Babypuppe in die Krippe gelegt haben, da war ich unglaublich dankbar, dass Jesus in meine Welt gekommen ist und ihm meine Sorgen nicht egal sind. Das löst nichts, aber gibt mir ein bisschen Hoffnung.

Vor dem Essen hat Mama uns gefragt, ob Papa und ich noch schnell ein paar Geschenke zu Leuten fahren würden, die sie nicht mehr rechtzeitig fertig bekommen hatte. Das hat total Spaß gemacht. Wir haben die Geschenke vor die Haustür gelegt, geklingelt und uns dann im Auto versteckt und heimlich beobachtet, wie die Leute sich gefreut haben.

Ich habe gesagt, dass es eigentlich jeden Tag wie Weihnachten sein sollte und man überlegen könnte, wie man anderen eine Freude macht.

Bei Isa haben wir auch noch ein Geschenk vorbeigebracht. Da wollte ich aber doch nicht nur klingeln, sondern gleich sehen, ob ihr mein Geschenk gefällt.

Ach ja, ich selbst habe von meiner Schwester ein total schönes Outfit bekommen. Wenn die Tussis da den Daumen runter halten, dann ist das der absolute Beweis, dass die echt keine Ahnung haben. Dann würde ich die, glaube ich, auslachen, weil mir das voll gut steht.

Ich mag Weihnachten.

WEIHNACHTEN IM WASCHSALON

Von Mickey Wiese

Während es draußen in diesem Jahr selbst für einen Winter bitter kalt war, herrschte hier drinnen mollige Wärme. Es roch angenehm unaufdringlich nach Waschmittel, also irgendwie nach einer Mischung aus 22% Citrusaroma, 13% Myrrhe, 11% Butteraroma, 7% Bieraroma, 9%Weihrauch, 6,66% Vogelscheiße, 1% altem Frittierfett, 9% Tannennadeln, 3% Datteln, 1% Hering und einigen weiteren undefinierbaren Anteilen.

Monoton surrten die Maschinen des 24-Stunden-Waschsalons im Erdgeschoss der Altenwohnanlage „Wartesaal zur Ewigkeit" in einem geheimnisvollen Takt. Wenn man sich eine Weile darauf einließ und ganz genau hinhörte, konnte man in dem sanften Wummern fast schon die altbekannten Weisen zur Jahreszeit erkennen.

Grelles Neonlicht erhellte den weißgekachelten Raum, der früher mal ein kleiner Supermarkt gewesen war, dessen Betreiber Siegfried Sünder jetzt aber selber in der Altenwohnanlage nur noch auf die Ewigkeit wartete. Die gleißende Helligkeit des unbarmherzigen Neonlichts wurde nur durchbrochen von den lustig bunt blinkenden LED's eines kleinen Plastikweihnachtsbaums, der auf einer der surrenden Maschinen immer wieder gefährlich nah am Abgrund tanzte.

Bunt wie die Lichter des Baums war auch der Inhalt der einzelnen Maschinen. In einer wirbelten zum Beispiel bunte Kleinteile in einem irrwitzigen Tanz umeinander. In einer anderen war das Wasser rot gefärbt, als befände sich blutige Wäsche darin. Und in der nächsten Maschine wiederum sah man sogar ein paar Knochen, wahrscheinlich Rehrücken, am Fenster rotieren.

Gedämpft drangen durch die geschlossene Glastür des Waschsalons kehlige Wortfetzen, die irgendwie fremdländisch klangen, vom Kiosk des mürrischen Mustafas auf der anderen Straßenseite herüber. Eine Gruppe Straßenkehrer, dick eingepackt in grell-orangene Overalls, stand da am Kiosk. Sie wärmten sich ein wenig auf, bevor sie weiter durch die Nacht ziehen würden, um sich um die Reste vom Feste auf den Straßen der Stadt zu kümmern und sie wie eine verlorene Herde ausgemusterter Schafe vor sich her zu treiben. Der Trupp bestand in dieser Nacht aus nur einer einzigen Familie, die inzwischen alle von jung bis alt bei den städtischen Reinigungsbetrieben angestellt waren. Es war die Familie Al-Raaei, das ist arabisch für Hirte, denen nichts anderes übriggeblieben war, als diese unbeliebte Schicht am Weihnachtsabend zu übernehmen, weil sie dringend Geld brauchten. Außerdem hatte die Einsatzleitung aufgrund ihres nicht christlich klingenden Namens angenommen, dass sie wahrscheinlich sowieso kein Weihnachten feiern würden. Dabei waren sie gar keine Moslems, ihre Familie gehörte zu den Gründern einer uralten christlichen Gemeinde in Bethlehem im Heiligen Land. Aber das wusste niemand. So machten die Al-Raaeis aus der Not eben eine Tugend und feierten diese besondere Arbeitsschicht mit kurzen Pausen an verschiedenen Kiosken, in denen sie sich mit Tee und mitgebrachtem harten Gebäck aufwärmten, während Vater Al-Raaei die alten Geschichten von der Hoffnung auf einen Erlöser aus allen Dunkelheiten erzählte. Und selbst der mürrische Mustafa musste dabei ein paar Mal versonnen lächeln, denn er hatte als Kind in der Koranschule auch von diesen Hoffnungen gehört.

Gegenüber im Waschsalon lächelte derweil niemand. Denn obwohl heute am Weihnachtsabend traditionell viele Menschen jeden noch so kleinen Raum in der Stadt einnahmen und auch fast alle Maschinen im Waschsalon in Betrieb waren, schien die zierliche alte Dame ganz allein im Waschsalon zu sein. Sie trug ein festliches Abendkleid, das schon einige abgewetzte Stellen aufwies und über den Verband, der sich über ihren kahlen Schädel spannte, hatte sie dem Anlass entsprechend ein Perlenhaarnetz gespannt. Ihr Stil sich zu schminken schien alten Kinofilmen entsprungen zu sein, aber ihre Haltung war immer noch die einer Primaballerina. Sie strahlte etwas von einer verblassten Verheißung aus, wie sie sich da im Rund des Maschinenpublikums gedankenverloren drehte. Wehmütig fiel ihr Blick dabei auf eine weiße Taube, die gerade vor wenigen Minuten direkt vom Himmel auf den Gehweg gefallen war. Wahrscheinlich hatte sie ein Herzschlag mitten im Flug ereilt. Das war nun mal der Lauf des Lebens. Nun lag die Taube wie ausgestopft auf dem Gehweg und hatte im Tod einen Bannkreis der Unberührbarkeit um sich herum geschaffen, so dass die beiden Herren, die gerade die Straße heraufkamen, einen weiten Bogen um sie herum machten. Gerade so, wie es die Familie der alten Dame in den letzten Jahren auch mit ihr machten. Dabei war sie doch noch gar nicht tot. Umso mehr hatte sie sich gefreut, als ihre 3 Söhne Caspar, Melchior und Balthasar, allesamt erfolgreiche Astrologen, sie zum Weihnachtsessen besuchen wollten. Sie hatte versucht noch einmal an ihre viel gerühmten Kochkünste anzuknüpfen. Aber irgendwie war ihr doch seit dem Tod ihres Mannes so manches verloren gegangen und sie konnte sich einfach nicht mehr an alles erinnern. So hatte nicht alles so geschmeckt, wie es hätte sein sollen. Nur die Geschwisterrivalitäten ihrer Söhne waren so heiß und scharf gewürzt wie eh und je. Und in einem plötzlich entbrannten Streit waren sie alle vom Tisch aufgesprungen und hatten das ganze Festessen umgeworfen. Und dann waren sie wutentbrannt aus der Wohnung gestürmt und hatten sie einfach allein und verzweifelt zurückgelassen. Wie in Trance hatte sie ganz automatisch das Tischtuch, mit allem was sich darauf befand, zusammengerafft und war von ihrer Wohneinheit in der Altenwohnanlage hinunter in den Waschsalon gegangen.

Hier hatte sie wenigstens das Gefühl nicht ganz so allein zu sein. Es war zwar auch hier kein Mensch zu sehen, aber da alle Maschinen liefen, würden ja wohl alsbald schon ein paar wieder zurückkommen. Und das gütige Auge der Überwachungskamera gab ihr auch immer wieder ein gewisses Gefühl von Sicherheit. Sie wusste ja inzwischen, dass die Betreiberin des Waschsalons, Romy Kaiser, immer wieder auf den Monitor in ihrem Wohnzimmer im Nebenhaus schaute, um zu sehen, was im Waschsalon so vor sich ging. Und wenn jemand Hilfe brauchte, kam sie manchmal sogar auch herüber. Sie deutete eine Verbeugung Richtung Kamera an, als wolle sie sich für einen Applaus bedanken.

Und tatsächlich öffnete sich kurz darauf die Eingangstür, aber es war nicht Frau Kaiser, sondern es waren die beiden Herren, die auf dem Gehweg den Bogen um die tote Taube gemacht hatten. Sie kannte beide, Herrn Ochs, den Geschäftsführer der Fleischerei um die Ecke und Herrn Asinus, den fleißigen Sachbearbeiter von der Arbeitsagentur, und nickte ihnen huldvoll zu. Herr Ochs und Herr Asinus holten sich ihre Wäsche aus dem Trockner und falteten sie ordentlich auf einem Tisch an der hinteren Wand zusammen.

Da hörten sie alle plötzlich ungewöhnliche Geräusche aus einem der nicht mehr genutzten Nebenräume des alten Sünder-Supermarkts. Eine sonst immer verschlossene Tür öffnete sich und ein junges Ehepaar in abgerissener Kleidung betrat den Hauptraum des Waschsalons. Die Frau trug ein frisch geborenes Baby in Windeln gewickelt im Arm. Und weil die beiden offensichtlich kein Kinderbettchen dabeihatten, legten sie das Baby in eine der großen Trocknertrommeln, in denen Herr Ochs und Herr Asinus ihre Wäsche getrocknet hatten. Die junge Mutter wiegte den Kleinen in der noch warmen Trommel hin und her, was dieser sichtlich genoss. Ihr Mann holte derweil die Wäsche aus der blutroten Maschine. Und jetzt konnte man sehen, dass es tatsächlich Blut gewesen war, denn sie hatten das Baby im Nebenraum geboren und die blutigen Laken dann hier gewaschen. Frau Kaiser hatte ihnen das alles in einem seltenen Anfall von Güte zugestanden, weil das junge Paar nun gar keine andere Unterkunft in der gesamten Stadt gefunden hatte. Und die Geburtsstation des Krankenhauses hatte man schon vor langer Zeit geschlossen, nachdem sich der Betrieb aufgrund der wenigen Geburten nicht mehr rentiert hatte. Der junge Vater erzählte, dass sie sich die überfüllte Stadt bestimmt nicht als Geburtsort für ihren Erstgeborenen ausgesucht hätten. Aber es war ihnen nichts anderes übriggeblieben, als hochschwanger in die Stadt zu reisen, in der sie seit ihrer Geburt nicht mehr gewesen waren, weil sie sofort nach den Feiertagen dringend einige wichtige Unterlagen für den Hartz IV Antrag in ihrer aktuellen Heimatstadt vom hiesigen Einwohnermeldeamt besorgen mussten.

Inzwischen wurde es langsam belebt im Waschsalon, denn nun kamen auch noch die Al-Raaeis herein. Sie hatten von gegenüber neben dem Eingang des Waschsalons ein sternförmiges Graffiti an der Hauswand aufleuchten gesehen, das sie an das alte Sternsymbol aus ihrer Kirche in Bethlehem erinnert hatte und wollten nachsehen, was da wohl los sei.

Gerade wollte die alte Dame nun alle zu sich in ihre Wohneinheit einladen, da sie ja jetzt nach dem Streit genügend Platz hatte, als sich die Eingangstür noch ein weiteres Mal öffnete. Herein kamen nun, Arm in Arm und mit reumütigen Gesichtern, die drei zerstrittenen Astrologen. Sie waren nicht weit gekommen in ihrem Streit. Schon am Dienstboteneingang der Altenwohnanlage, zu dem sie sich in ihrer Verblendung verirrt hatten, waren sie einer warmen unausweichlichen Helligkeit begegnet und hatten das Gefühl gehabt geradezu körperlich von ihr umarmt worden zu sein. Das heilsame Licht drang aus einem unscheinbaren Schwesternzimmer in den finsteren Flur hinaus und es kam ihnen vor, als hörten sie rauschenden Engelsgesang von unzähligen weiß gekleideten Wesen, die in dem Raum sangen. Vom Frieden unter den Menschen war da die Rede und vom Wohlgefallen Gottes an der Versöhnung zwischen zerstrittenen Menschen und der Befreiung von solchen, die nicht mehr angesehen wurden, zurück in die Arme der Liebe. Da wussten sie ohne ein weiteres Wort was sie zu tun hatten und machten sich auf die Suche nach ihrer Mutter, nachdem sie sie nicht mehr in ihrer Wohneinheit angetroffen hatten. Und als sie gerade auf der Straße an der toten Taube vorbeigekommen waren und sich noch wunderten, wie die wohl hierhergekommen war, sahen sie durch das Fenster ihre Mutter im Waschsalon mit dem Baby auf dem Arm, selig lächelnd und mit einem Ausdruck der Klarheit im Gesicht wie schon seit Jahren nicht mehr. Daneben standen die Eltern des Babys umrahmt von Ochs und

Asinus. Sie sahen die Al-Raaeis in ihren grellen Overalls und selbst der mürrische Mustafa vom Kiosk gegenüber und Romy Kaiser von nebenan waren mittlerweile auch Teil dieser nächtlichen Gemeinschaft geworden. Und die Astrologen spürten ganz tief in ihren Herzen, wie in dieser Nacht Neues zur Geburt kam. Sie gingen hinein, entschuldigten sich bei ihrer Mutter und umarmten sie unter Tränen. Da erklang plötzlich eine volltönende allerbarmende Stimme wie aus dem Nichts und sagte: „Versöhnung und Frieden sind das größte Geschenk, das ihr mir machen könnt. Es ist mehr wert als alles Gold auf der Welt zusammen." Auch wenn das zwar gar nicht möglich war, hatten doch alle Feiernden den Eindruck, dass die Stimme aus der Trocknertrommel gekommen war, in die die alte Dame das Baby inzwischen wieder gebettet hatte. Und draußen vor dem Waschsalon erwachte plötzlich wieder die tote Taube zu neuem Leben, auch wenn das ebenso unmöglich war, und flog hoch hinaus ins nächtliche Sternenmeer, denn das war von nun an der Lauf des Lebens.

U79 – Die Weihnachtswunder-Linie

Von Thomas Klappstein

Bodo liebte dieses Ritual. Am frühen Nachmittag des Heiligen Abend in Duisburg an der Station Grunewald in die U79 zu steigen und bis zum Klemensplatz nach Düsseldorf-Kaiserswerth zu fahren. Dort auszusteigen, durch die Gassen des alten Kaiserswerth und schließlich über den Deich zum Restaurant „Alte Rheinfähre" zu spazieren. Dort, kurz bevor das Lokal zum Weihnachtsabend schließt, noch einen Kaffee und ein Stück hausgemachter „Lübecker Marzipantorte" zu genießen, die hier besonders gut war und ihn an seine Heimatregion erinnerte. Als einer der letzten Gäste durch das Panoramafenster im Wintergarten den Blick auf den vorbeifließenden „Vater Rhein" zu genießen und am anderen Ufer die sich langsam senkende Wintersonne zu beobachten. Und wenn die echte Rheinfähre sich nicht schon vor zwei Tagen in die Winterpause verabschiedet hätte, wäre er mit ihr auch noch ans andere Ufer und wieder zurück gefahren.

Jetzt verabschiedete er sich von der „Weihnachtskell-nerin", wie er sie nannte, die in den vergangenen Jahren immer die Heiligabendschicht im Restaurant übernommen hatte. Gab ein großzügiges Feiertagstrinkgeld und machte sich auf den Rückweg zur U79-Station Klemensplatz. Diese U79, die einzige direkte Linie zwischen Duisburg und Düsseldorf, glich eher einer Straßenbahn-Linie als einer U-Bahn. Nur die letzten Stationen in Duisburg und einige Zwischenstationen in Düsseldorf verliefen unterirdisch. Zwischen der wenig besiedelten Grenze der beiden Großstädte verlief die Strecke kilometerweit über freies Feld.

Sein Rückweg führte Bodo direkt am Rhein entlang. Vorbei an der Galerie Burghof, dem Kultbiergarten und der Ruine der alten Kaiserpfalz. Die Wintersonne senkte sich immer mehr, und so langsam bekamen der Himmel und die wenigen Wolken einen leichten Rotstich. Durch das Fluttor in der Stadtmauer betrat er schließlich die Altstadt von Kaiserswerth. Er mochte diese früher eigenständige Stadt mit ihrer Historie. Besonders zu dieser Zeit des Jahres. Viel los war jetzt nicht mehr. Die Geschäfte und Lokale hatten bereits geschlossen. Die Weihnachtsbeleuchtung in den Bäumen auf dem alten Marktplatz, der die Straße der Altstadt in den links und rechts fließenden Verkehr teilte, ließ ihn an Joseph von Eichendorffs Weihnachtsgedichtsklassiker denken. Auch die Schaufensterdekorationen, insbesondere die der Traditionsbuchhandlung Max Apel sowie die des vor ein paar Jahren neu eröffneten Buchladens „Lesezeit". Eine alte Dame im Pelz und mit Geschenktaschen in beiden Händen ging an ihm vorbei. Sicherlich auf dem Weg zu ihren Kindern und Enkelkindern. Ein junger Familienvater und eine junge Familienmutter mit ihren kaum zu bändigenden Kleinkindertruppen zogen ihre Runde. Wahrscheinlich von den jeweiligen Partnern aus dem Haus geschickt, um letzte liebevolle Vorbereitungen für die Bescherung zu treffen. Auch eine kleine Gruppe Teenager, offensichtlich in der Pubertät und mit wenig Bock auf ein klassisches Familienweihnachtsfest, kam ihm entgegen. Sie verließen die Altstadt durchs Fluttor und bogen Richtung Kaiserpfalz-Ruine ab. Wahrscheinlich unterwegs zu ihrer alternativen Weihnachtsfeier, dachte Bodo bei sich.

Nun vorbei am Klemensplatz, wo die Buden des kleinen, aber feinen Weihnachtsmarktes noch aufgebaut waren, zur unmittelbar anschließenden Haltestelle. In fünf Minuten würde die nächste Bahn der U79 Richtung Duisburg-Meiderich kommen. Der Kult-Imbiss mit der legendären „Berliner Currywurst", direkt an der Haltestelle, schloss gerade seine Luke. Drei Kunden verspeisten am Tresen die Reste ihrer Currywurst-Pommes mit Schranke. Macht ja schon Appetit, dachte Bodo, aber am Abend erwarteten ihn ja noch zahlreiche kulinarische Genüsse im Familienkreis.

Die „blaue Stunde" machte sich nun bemerkbar. Der Zeitraum an den Wintertagen, wo es nicht mehr richtig hell, aber auch noch nicht richtig dunkel ist. Jetzt freute sich Bodo auf die Rückfahrt. War gespannt, welche Fahrgäste ihn in diesem Jahr am Heiligen Abend auf seiner „Traditionsfahrt" begleiten würden.

Wie gesagt, Bodo liebte dieses Ritual. Er zelebrierte es, seitdem es ihn aus seiner norddeutschen Heimatregion, dem Großraum Hamburg, aus beruflichen – oder besser: aus Berufungsgründen – ins Ruhrgebiet verschlagen hatte. Zunächst nach Marl, am nördlichen Ruhrgebietsrand, und dann nach Duisburg, an der Grenze zum Niederrhein. Seine Kinder waren hier geboren und aufgewachsen. Die Tochter in Marl, der Sohn in Duisburg.

Bodo war Pastor einer freikirchlich-evangelischen Gemeinde. In Absprache mit der Gemeindeleitung und den Gemeindemitgliedern hatten sie gleich nach seinem Dienstantritt entschieden, an den Weihnachtstagen nur einen zentralen Gottesdienst anzubieten. Am Heiligen Abend. Und diesen zeitlich auch deutlich später gelegt, als es ansonsten üblich war. Dafür mit besonders viel Liebe geplant und vorbereitet. Schließlich wurde ja der Geburtstag von Jesus gefeiert, Gottes Sohn – die Ankunft des Schöpfergottes in menschlicher Gestalt in seiner eigenen Schöpfung. Manchmal war das für Bodo immer noch unbegreiflich.

Dass der Gottesdienst wirklich etwas Besonderes war, hatte sich herumgesprochen im Duisburger Süden. Jedes Jahr wurde er daher von mehr Menschen besucht. Viele mussten inzwischen stehen.

Bodo wollte entspannt in diesen Gottesdienst gehen. Außerdem das Ritual seiner Tour mit einer jedes Jahr sich anders entwickelnden Atmosphäre genießen. Deshalb mussten die Vorbereitungen für den Gottesdienst auch spätestens zur Generalprobe am 22. Dezember abgeschlossen sein. Das hatte auch diesmal geklappt.

Die Bahn lief ein. Bodo hatte das Manuskript seiner Predigt dabei – die natürlich auch schon bis zur Generalprobe hatte fertig sein müssen – und würde auf der Rückfahrt noch mal drüber schauen. Manchmal bekam er dann noch eine letzte Inspiration, die er spontan einfügen konnte. Kam immer ganz auf die Konstellation der Fahrgäste an. Bodo beobachtete gerne die Leute, die am 24.Dezember, so kurz vor dem „Heiligen Abend", noch unterwegs waren. Sinnierte darüber, was ihr Ziel an und für diesen Abend war. Oder ob sie nicht sogar auf der Flucht waren vor diesem „Fest der Feste" und seinen emotionalen Besonderheiten.

Das junge Liebespaar, das schon auf dem Bahnsteig eng aneinandergekuschelt stand und sich wohl auf das erste gemeinsame Fest freute, stieg mit ihm in den Waggon. Suchte sich eine freie Sitzbank und kuschelte auch im Sitzen weiter. Voll war es nicht. Die meisten Menschen in diesen Breitengraden waren zu dieser Uhrzeit bereits zu Hause versammelt oder saßen schon in einer der Christmetten, die z.T. schon am frühen Nachmittag gefeiert wurden.

Aber der Typ da drei Reihen vor ihm, mit brauner, leicht abgewetzter Cordhose, grünem, ausgeblichenem Parka und grauer Strickpudelmütze auf dem Kopf mit dem wenigen Haar war ihm schon auf der Hinfahrt aufgefallen. Auch wegen seines kleinen Pudels, den er meist auf seinem Schoß hatte und interessanterweise „Erdmuthe" nannte, ein uralter Name, der heute nicht mehr geläufig war. Wohl tatsächlich ein „Weihnachtsflüchtling", der den Heiligen Abend damit verbringen wollte, von einer Endstation zur anderen zu fahren, dachte Bodo bei sich. Anders als die drei Männer, die offensichtlich keine deutschen Wurzeln hatten und sich in einer Reihe mit gegenüberliegenden Zweierbänken angeregt und entspannt unterhielten. Vielleicht wirkliche Flüchtlinge, überlegte Bodo. Die Klamotten, durchaus sauber und passend zusammengestellt, aber modisch nicht uptodate, könnten aus der Kleiderkammer einer Flüchtlingsunterkunft stammen. Dass sie sich untereinander in Englisch unterhielten, mit ein paar deutschen Sprachkursbrocken, wies darauf hin, dass sie nicht aus derselben Region stammten. Zwei ließen eine Herkunft aus dem arabischen Raum vermuten – Syrien oder Irak? –, bei dem anderen deutete äußerlich vieles auf Afrika hin. Die „Heiligen Drei Könige", schoss es Bodo in den Kopf, und er schämte sich ein wenig, dass ihm gleich dieses Klischeebild der Weisen aus dem Morgenland, wie sie ja eigentlich in der biblischen Weihnachtsgeschichte bezeichnet werden, in den Kopf kam.

Auf dem Einzelplatz nahe der hinteren Ausgangstür saß ein älterer Herr im feinen Lodenmantel, Bügelfaltenhose und schicken Lederhandschuhen. Vor sich einen großen Leinenbeutel, gefüllt mit stilvoll verpackten Geschenken. Wohl auf dem Weg zur Familie eines seiner Kinder. Oder von Freunden?

Auf den geräumigen Einzelplatz für Schwerbehinderte hatte sich eine Teenagerin gefläzt und es sich gemütlich gemacht. Vielleicht 15, 16, 17 Jahre alt. Schwarz gefärbte Haare, anscheinend zur Feier des Festes mit grünen und roten Strähnen dekoriert, Lippen und Nasenpiercing. Unter den Augen mit schwarzem Kajalstift geschminkt. Was ihr wohl ein Respekt einflößendes Aussehen vermitteln sollte. Schwarze, nietenbesetzte Lederjacke über schwarzen Klamotten und Schottenkarorock. War ständig mit ihrem Smartphone beschäftigt. Manchmal meinte Bodo, ein gemurmeltes „Scheiße, Scheiße, Scheiße" zu hören.

Im vorderen Teil erblickte Bodo eine Gruppe Berufsjugendlicher. Gestandene Männer – alle in ihren 40er und 50er Jahren – in betont lässiger Kleidung und mit viel Pomade gestylten Frisuren. Sie hatten Musikinstrumente dabei: Gitarre, Cajon und etwas, das wie ein „Besenstilbass" aussah. Vielleicht ja die „Toten Hosen" auf dem Weg zu einem ihrer berühmt-berüchtigten Wohnzimmerkonzerte für eine Palette Dosenbier? Trotz ihrer Bekanntheit gaben sie ja immer wieder mal solche Konzerte. Vielleicht sollte ich sie auch mal einladen, dachte Bodo amüsiert bei sich. Aber Weihnachten wären sie dann ja als „Rote Rosen" unterwegs, überlegte er weiter, und unplugged spielten die bestimmt nicht.

Hier und da saßen vereinzelt noch ein paar weitere Personen. Aber alle schön weit auseinander, mit ihren Gedanken beschäftigt.

Und während er die illustre Weihnachtsgesellschaft betrachtete, die sich hier ungeplant zusammengefunden hatte, war die „blaue Stunde" von der Dunkelheit abgelöst worden. Beim Blick aus dem Fenster der fahrenden U79 stellte er fest, dass es tatsächlich anfing leicht zu schneien. Wie es der Wetterbericht für diesen Tag angekündigt hatte. Sie befanden sich jetzt auf dem Stückchen „Niemandsland", wie er es gerne nannte, dem freien Feld zwischen den Stadtgrenzen. Der Schnee hatte schon für eine leichte weiße Zuckerung des Bodens gesorgt. Bodo begann jetzt, sich mehr und mehr auf den bevorstehenden Gottesdienst zu fokussieren und ging im Kopf noch mal die Predigt durch, die er nachher halten würde. Er freute sich auf den Gottesdienst ebenso wie auf den Heiligen Abend zu Hause mit seiner Familie.

An der „Bedarfhaltestelle Froschenteich", mitten im Niemandsland, hielt die Bahn tatsächlich, und noch jemand stieg ein. Wo kommt der denn her?, dachte Bodo noch bei sich, sieht ja aus wie 'n Hirte – und riecht irgendwie auch so.

Nur noch wenige Stationen, dann hätte er sein Ziel erreicht. Er zog das Manuskript seiner Predigt aus der Innentasche, um noch einen letzten Blick hineinzuwerfen und sich die Schlüsselaussagen zu vergegenwärtigen.

Auf einmal blieb die Bahn abrupt stehen. Die Fahrgäste wurden ordentlich durchgeschüttelt, einige hatten Mühe, sich auf ihrem Platz zu halten, aber keiner wurde verletzt. Mitten zwischen den Haltestellen „Froschenteich" und „Kesselsberg".

Da standen sie nun auf freiem Feld. Geht bestimmt gleich weiter, dachte Bodo bei sich. Sagte das auch zu der Person, die ihm am nächsten saß. Aber es ging nicht gleich weiter. Minute um Minute verstrich, und Bodo wurde so langsam nervös. Immerhin hatte er einen entscheidenden Part zu übernehmen im Gottesdienst. Die DVG, eine der beiden U79-Betreibergesellschaften, hatte schon lange nicht mehr die neuste Flotte an Bahn-fahrzeugen. Das war bekannt. Aber sie werden ja wohl nicht ausgerechnet an den Weihnachtstagen ihre ältesten Fahrzeuge einsetzen, hoffte Bodo.

„Liebe Mitfahrgäste, Sie brauchen keine Angst zu haben, aber die Fahrt geht vorerst nicht weiter." Der Typ, der gerade eben an der Bedarfshaltestelle zugestiegen war, war aufgestanden und sprach nun laut und vernehmbar zu den Fahrgästen. Wie sich herausstellte, war er tatsächlich ein Hirte. Schafhirte. „Seit Jahren versuchen wir Hirten auf unsere Arbeitsbedingungen und sehr begrenzten Verdienstmöglichkeiten aufmerksam zu machen. Aber da wir bisher weder in der Öffentlichkeit noch in den politischen Gremien Gehör fanden, haben drei meiner Kollegen und ich beschlossen, unsere Schafherden zusammenzutreiben und diese Strecke am heutigen Abend zu blockieren. Mit einer durch eine Schafherde blockierten U-Bahn-Strecke am Heiligen Abend haben wir zumindest die Möglichkeit, in die Berichterstattung der Medien zu kommen und für unser Anliegen eine Öffentlichkeit zu schaffen. Es tut mir leid, dass Ihr Heiligabend dieses Jahr ein wenig anders verlaufen wird, aber wir sahen keine andere Möglichkeit. Sie sind auch nicht die einzigen, die es betrifft. Zeitgleich laufen solche Aktionen in mehreren Städten in Deutschland. Die Redaktionen von Zeitung, Rundfunk und Fernsehen wurden vor wenigen Minuten informiert. Und jetzt warten wir mal, was passiert. Frohe Weihnachten trotzdem."

Und richtig, als er aus dem Fenster sah, entdeckte Bodo jede Menge Schafe, die den Waggon regelrecht umzingelt hatten. An eine Weiterfahrt war absolut nicht zu denken. Na super, dachte Bodo, das war's dann wohl. Den Gottesdienst kann ich mir von der Backe putzen. Hier draußen, auf dem Felde bei den Hürden, wo des Nachts die Hirten ihre Schafe hüten. Vielleicht kommt ja gleich auch noch ein Engel vorbei ..., ließ er seinem aufkommenden Sarkasmus freien Lauf. Der hatte ihm schon oft geholfen, schräge Situationen unbeschadet zu überstehen.

Leichte Unruhe machte sich im Waggon breit, aber Panik kam nicht auf. Ändern können wir es eh nicht, dachten wohl die meisten. Die Atmosphäre blieb auffallend gelassen. Ist das etwa der Weihnachtsfriede?, überlegte Bodo.

Die „Berufsjugendlichen" erhoben sich auf einmal von ihren Plätzen, schnappten ihre Instrumente und intonierten mit verschmitzten Gesichtern „O Du Fröhliche". Etwas anders, als die meisten es kannten, deutlich schneller und mit unüberhörbaren Punkrock-Anklängen. Hören sich ja tatsächlich an wie die Toten Hosen, dachte Bodo, wippte seinen Fuß im Takt und summte erst leise, dann deutlich vernehmbar mit.

„Einen schönen guten Abend!" Nachdem der erste Song verklungen war, meldete sich der Sänger zu Wort: „Mein Name ist Campino, das hier ist Breiti, und von den anderen habt ihr vielleicht auch schon mal gehört. Heute wollten wir als ‚Rote Rosen' zum ersten Mal ein Wir-warten-auf's-Christkind-Unplugged-Wohnzimmer-Konzert spielen. Im HÜBI in Ruhrort, dieser Kult-Kneipe an der Hafenmündung. Die HAFEN-JAM-Session-Gang von da liegt uns damit schon seit Jahren in den Ohren. Haben extra die U-Bahn genommen, damit wir auch was trinken können. Wird wohl heute nix. Oder zumindest später. Aber hier Trübsal blasen, ist ja auch doof. Da können wir hier auch gemeinsam singenderweise auf's Christkind warten – so wie früher, bei der Fernsehsendung im Ersten. Ist ja alles versammelt: Die Hirten auf dem Felde bei den Hürden, die des Nachts ihre Schafe hüten. Und die Heiligen Drei Könige sind auch da", bemerkte Campino breit grinsend mit einem Kopfnicken in Richtung der drei vermeintlichen Flüchtlinge. „Fehlt tatsächlich nur noch das Christkind", fuhr er lachend fort, „wie heißt es noch? Jesus, oder?!? Wundert mich ein bisschen, dass es hier noch keinen Krawall gab. Scheint Weihnachten ja doch so'n kleines Wunderfest zu sein."

Das ist ja irre, dachte Bodo bei sich, die hören sich nicht nur so an, das sind die Toten Hosen! Und dann erwiderte er dem Sänger, und wunderte sich dabei selbst über die Worte aus seinem Mund: „Jesus bin ich zwar nicht, beschäftige mich aber von Berufswegen mit ihm. Als Pastor wollte ich eigentlich gleich im Weihnachtsgottesdienst meiner Gemeinde darüber predigen, was für Auswirkungen die Menschwerdung Gottes so haben kann. Den Gottesdienst werde ich wohl genauso wenig rechtzeitig erreichen wie ihr euren Gig im HÜBI. Aber warum machen wir nicht beides zusammen? Feiern hier so 'ne Arte Retro-Weihnachten. Ihr sorgt für die Musik, seid quasi der Engelschor, und ich erzähl ein bisschen was aus meiner Predigt." „Hatten wir noch nie", meinte Campino, „machen wir."

Auch den anderen Fahrgästen schien die Idee zu gefallen, und sie rückten schon mal näher zusammen.

„Da fehlt aber noch der Stall", meldete sich die Teenagerin vom Behindertensitzplatz.

„Ohne Stall kein Weihnachten." Das sahen die anderen Fahrgäste zwar anders, aber Bodo ging auf ihren Einwand ein: „Mit einem klassischen Stall kann ich zwar nicht dienen, aber nur ein paar Minuten entfernt von hier befindet sich die Hubertuskapelle, gleich neben einem Reitverein. Da können wir alle hingehen, wenn ihr mögt. Die ist meistens geöffnet. Zumindest weiß ich, wo der Schlüssel liegt. Die vielen Schafe hier sind eh sehr laut. Dort hätten wir ein bisschen mehr Ruhe."

Die Idee gefiel. Da die Schneewolken draußen weiter gezogen waren und nun wieder sternklare Nacht herrschte, konnte man auch trocken dorthin gelangen. Bodo rief mit seinem Handy noch Uli an, einen der Gemeindeältesten, schilderte die Lage und informierte ihn, dass er es heute wohl nicht zum Gottesdienst schaffen würde. Uli erklärte sich spontan bereit, anstatt der Predigt einige Impulsgedanken weiterzugeben. Würde es halt eine kurze Predigt werden. Bodo freute sich einmal mehr über seine fähigen Mitarbeiter und dass sie ihn in dieser Situation nicht hängen ließen. Die Toten Hosen informierten noch das HÜBI, dass es wohl deutlich später werden würde. Der Schaffner der U79 öffnete die Türen, und tatsächlich traten alle Fahrgäste ins Freie und ließen sich von Bodo zur Kapelle führen. Selbst die Hirten gingen mit. Sollten die Journalisten doch zur Kapelle kommen.

In der Kapelle fanden sich noch genug Kerzen, die angezündet ein schönes, stimmungsvolles Licht warfen. Die Roten Rosen intonierten einige Weihnachtsklassiker auf ihre spezielle Art, und irgendwie schafften es alle mit einzustimmen. Dann begann Bodo seine Predigt:

„Ich möchte Ihnen und Euch meinen Lieblings-Weihnachts-Comic vorstellen. Ein Comic-Strip von HÄGÄR dem Schrecklichen, diesem unerschrockenen Wikinger, der oft gar nicht so schrecklich ist." Und dann fasste er einen Comic-Strip zusammen, in dem sich Hägars kleiner Sohn in einer sternenklaren Nacht zur Weihnachtszeit mit einem Mönch unterhält. „Ich liebe diese Jahreszeit", sagt er zu dem Geistlichen. „Alle sind so glücklich, freundlich und hilfsbereit. Alles ist so friedlich und harmonisch." Sogar Menschen, die sich sonst „mit dem Hintern nicht angucken", gingen auf einmal sehr freundlich miteinander um. Selbst die Wikinger seines Vaters und die englischen Soldaten – eigentlich ja Erzfeinde. Seine Beobachtungen schließt der kleine Wikinger ab mit einer besonderen Entdeckung, die er dem Mönch aufgeregt mitteilte: „Und sieh doch! Dieser Stern war vorher noch nie da!"

Dabei zeigt er auf einen Stern, der besonders hell leuchtet und größer als die anderen zu sein scheint. Der Mönch antwortet nur: „Oh nein, der ist die ganze Zeit da! Aber die meisten Menschen können ihn nur zu Weihnachten sehen!"

„Der Stern ist die ganze Zeit da! Aber die meisten Menschen können ihn nur zu Weihnachten sehen!", griff Bodo die letzte Aussage auf. „Wann fangen wir an, das ganze Jahr auf ihn zu achten? Da könnte sich einiges zum Positiven verändern und wir würden so einen schrägen Abend, wie wir ihn heute haben, öfter erleben. An dem Menschen miteinander harmonieren, die sich sonst aus dem Wege gehen, kaum beachten oder sogar das Leben schwer machen. Jesus, das Friedenskind, macht's möglich. Vielleicht einfach mal auf seine Vorschläge zum Leben achten. Öfter mal mit ihm kommunizieren. Soll Wunder wirken. Weihnachtswunder!" Und damit beendete Bodo auch schon die Predigt.

Nicht nur die Toten Hosen schienen ergriffen, als sie anschließend den Weihnachtshit schlechthin anstimmten: Stille Nacht. Ganz klassisch, ohne eigene Interpretation. Campino begann a capella, und die U79-Gemeinde stimmte ein. Ganz sachte schlich sich die Band dazu.

Und als sie wieder ins Freie traten, war da auf einmal eine relativ große Menschenmenge. Ein Teil von Bodos Gemeindemitgliedern hatte spontan beschlossen, nach dem Heiligabend-Gottesdienst nur kurz zu Hause aufzuschlagen, das Weihnachtsmenü einzupacken, das bei den meisten ohnehin nur aus Kartoffelsalat und Würstchen bestand, und dann zu den Gestrandeten draußen vor die Tore der Stadt zu fahren.

Nach draußen auf's Feld bei den Hürden und den Schienensträngen, wo es in dieser Nacht einigen Hirten einfiel, ihre Schafe zu hüten. Medienvertreter waren auch inzwischen eingetroffen, und die Schafhirten gaben eine Pressekonferenz. Und da bereits einige lokale Rundfunksender von dem Ereignis berichtet hatten, kamen auch andere Bürger aus der näheren Umgebung vorbei und hatten ein bisschen Proviant dabei.

Hungrig und durstig musste hier keiner bleiben. Polizei und Rettungskräfte waren ebenfalls in ausreichender Anzahl vorhanden. Und auch als sie merkten, dass es für sie nichts zu tun gab, blieben sie noch ein wenig länger.

Und so gab es eine sehr spontane und ursprüngliche und einmalige Open Air-Weihnachtsparty. Zusammengesetzt aus Menschen aller sozialer Schichten und verschiedenster Generationen und Nationalitäten.

Dass die Strecke inzwischen geräumt und wieder befahrbar war, interessierte niemanden. Auch die Roten Rosen ließen noch einige Bahnen der Linie U79 passieren, bevor sie weiterzogen zum HÜBI und der HAFEN-Jam-Gang nach Ruhrort. Und als Bodo zu seiner Familie, die natürlich auch zum Ort des Geschehens geeilt war, ins Auto steigen wollte, schaute er noch einmal zum Sternenhimmel. Und ein Stern, genau über diesem Stück Erde, schien irgendwie besonders hell zu leuchten. Ob der wohl schon immer da gewesen war?

NIGEL, DER TÖLPEL
von Frank Bonkowski

Sie ist wohl einer der langweiligsten Orte dieses Planeten. Eine einsame Insel, vor der Küste Neuseelands. „Mana" heisst dieser langweilige Ort.

Auf Mana gibt es nichts.

Naja, „nichts" ist vielleicht ein bisschen zu hart.

Denn immerhin gibt es auf Mana Felsenklippen.

Ganz viele Felsenklippen.

Und ein bisschen Grass.

Und ... ein paar Büsche.

Also jetzt keine richtigen Büsche. So Gestrüpp halt.

Ganz früher soll es mal Schafe gegeben haben. Aber selbst denen war es wohl auf Mana zu langweilig. Also sind sie, sozusagen aus Langeweile, gestorben.

Es bleiben also Klippen und Gestrüpp. Irgendwie traurig.

Dann vor ungefähr 20 Jahren haben sich ein paar Vogelforscher gedacht, dass es doch cool wäre, wenn es auf Mana wenigstens ein paar Vögel geben würde. Dann wäre es nicht mehr so langweilig.

Ab und zu sind nämlich Vögel vorbeigeflogen, aber die haben nur kurz geguckt, „Langweilig!" gedacht und sind schnell weiter.

„Was wäre denn, wenn wir Vogelattrappen aufstellen?", findet einer der Vogelforscher. „Dann denken die Vögel hier gäbe es eine Party und vielleicht bleiben sie dann hier?"

Gesagt, getan. Vogelattrappen, 80 Stück, eine schöner als die andere. Aus Beton. Die halten länger. Weiße Federn, schwarze Flügelspitzen. Oben auf die höchste Klippe gesetzt. Weil Vogelforscher ja kluge Menschen sind, haben sie auch noch Lautsprecher aufgebaut, die spielen 24 Stunden am Tag Vogelgezwitscher.

Dann haben die kluge Wissenschaftler gewartet.

Geduldig gewartet.

Fünfzehn Jahre lang flogen zwar immer mal wieder Vögel über die Insel, aber die waren scheinbar noch klüger als die Forscher. Denen war das künstliche Vogeldorf zu doof und sie sind einfach weitergeflogen.

Aber dann ...

Nach fünfzehn Jahren landet tatsächlich ein Tölpel auf der Insel. „Warum nennt man einen Vogel Tölpel?", magst du fragen.

Weil Tölpel die mit Abstand dümmsten Vögel sind, die es gibt.

Tölpel können zwar richtig gut fliegen aber sie haben nie gelernt zu landen.

„Oh, da ist ja schon UNTEN", denkt sich der Tölpel, aber dann ist es schon zu spät und der Tölpel purzelt auf die Fresse.

Du kennst bestimmt den Ausdruck „Aus Fehlern lernt man."

Stimmt bei den meisten von uns, aber nicht beim Tölpel. Tölpel purzeln beim Landen immer auf die Schnauze bzw. den Schnabel. IMMER!

Und wenn sie dann laufen, sieht es aus als wären sie betrunken.

Seefahrer lieben den Tölpel, weil er gerne auch mal eine Bruchlandung auf ihrem Boot macht und man ihn dann sozusgen direkt in den Topf schmeissen kann.

Dann sind Tölpel auch noch Heimkacker.

Statt irgendwo in der Luft ihr Geschäft zu verrichten, was Sinn machen würde und wie es alle anderen Vögel auch tun, fliegt der Tölpel nach Hause, macht dort seine Bruchlandung und kackt vor sein Nest.

Nigel

Nach 15 Jahren fliegt also so ein Tölpel über Mana, denkt sich „Cool, eine Party" und macht tatsächlich eine Bruchlandung auf der Insel.

Nigel, so nennen ihn die Vogelforscher, ist von allen Tölpeln wohl der dümmste. „Was geht denn ab hier?", sagt Nigel lässig. Wieder los fliegen will er nach seiner Bruchlandung auch nicht gleich. Also guckt er sich erstmal bei den weiblichen Vogelattrappen um.

Und da sieht er sie!

Die wunderschönste Vogeldame, die er je gesehen hat. Er ist augenblicklich verliebt und das Wunder geschieht, die Dame guckt tatsächlich zurück, in seine Richtung.

Also watschelt Nigel, so lässig er nur kann, vor seiner Auserwählten auf und ab. Heimlich guckt er dabei immer wieder in ihre Richtung und das Wunder geschieht. Ihr Blick ist immer noch auf ihn gerichtet.

Nigel hat sich verliebt.

„Die Dame ist aber auch schön, mit ihren weissen Federn und schwarzen Flügelspitzen und sie hört nicht auf in meine Richtung zu gucken. Ich glaube die mag mich auch."

Nigel ist ein echter Romantiker. Er beginnt sofort seine Herzdame für sich zu gewinnen. Erst baut er ihr ein Nest aus Gestrüpp und Algen, wo sie nach der Paarung ihr Ei legen kann. Dann kackt er erstmal vor das Nest, immer wieder, bis es so richtig schön wohnlich dort aussieht.

Dann putzt er sie und jedesmal wenn er zurück kommt zum Nest, legt Nigel seinen Kopf auf ihre Schulter. Nigel kann wirklich unglaublich charmant sein.

Dann ist tatsächlich der Abend gekommen, an dem es Zeit ist die Liebe füreinander endlich auch körperlich zu verschenken. Angeblich soll es Bilder geben aber wir ersparen uns das jetzt mal.

Auf jeden Fall ist Nigel so dumm und so verliebt und so charmant, dass die Vogelforscher Mitleid mit ihm bekommen.

Fünfzehn Jahre nach ihrer Entstehung werden die Vogelattrappen neu angemalt, Die Lautsprecher neu ausgerichtet und, wie von Nigel gelernt, werden sogar Kackhaufen geformt und angemalt.

Und es funktioniert.

Drei Jahre später landen drei weitere Tölpel in ihrer unnachahmlichen Art auf Mana.

Wird Nigels Ausdauer, seine Liebe nun endlich belohnt? Wird es für Nigel ein Happy End geben?

Natürlich nicht.

Nigel bleibt seiner großen Liebe treu und interessiert sich gar nicht für die anderen Tölpel. Vielleicht ist es der Glaube, der ihm Kraft gibt. Nigels Hoffnung auf ein gemeinsames Leben mit seiner Vogelattrappenfrau stirbt nicht.

Nigel dagegen schon.

Nur drei Wochen, nachdem die neuen Tölpel die Insel gefunden haben, findet ein Ranger den toten Nigel, vor seinem Nest, Neben seiner geliebten Betonfrau.

Irgendwie traurig.

Aber auf einmal wird aus Nigel ein Facebook Star.

Seine Liebe zu einer Vogelattrappe gibt Menschen, die den Glauben an die Liebe längst verloren haben, neue Hoffnung. In einem Zeitalter in dem viele vergeblich nach der Liebe suchen, wo Menschen sich trennen und sich gegenseitig gegen jüngere oder reichere Modelle eingetauscht, da glaubt ein dummer Vogel an Werte, wie wahre Liebe, Hoffnung und Treue.

Große Zeitschriften, wie die Washington Post, die New York Times oder in Deutschland der SPIEGEL berichten über Nigel den Charmeur.

Nigel mag ziemlich dumm gewesen sein aber er hat ein Vermächtnis hinterlassen.

Er hat uns vielen nicht nur die Hoffnung zurückgegeben, dass Liebe möglich ist. Wegen Nigel ist die langweilige Insel Mana heute gar nicht mehr so langweilig. Sie ist bewohnt, von etlichen Tölpeln und das hat der Ort Nigel zu verdanken.

Was für eine komische Geschichte denkst du jetzt vielleicht.

Stimmt.

Ähnlich komisch wie die Geschichte die in diesen Tagen von Millionen von Menschen gefeiert wird.

Eines Tages schaut Gott auf diesen blauen Planeten, der im Vergleich zum Himmel ziemlich armsehnlich und langweilig ausgesehen haben muss. „Jemand sollte das ändern!"

Und zum Entsetzen der Engel und wer da sonst noch so alles im Himmel wohnt gibt es eine Bruchlandung mitten in eine Krippe in einem Stall, in einem langweiligen Dorf, in Israel.

Dieser göttliche Bruchpilot hat an Gottes Liebe geglaubt, sie gelebt, von ihr erzählt. Oft erwidert hat man seine Liebe nicht. Trotzdem hat er Millionen inspiriert, hat ihnen Hoffnung gegeben und Liebe kann einen langweiligen, armsehnlichen Ort und vielleicht auch ein hart gewordenes Herz tatsächlich verändern.

Was das für mich heisst, daran möchte ich in diesen Weihnachtstagen nachdenken.

DRAUSSEN BLEIBEN
von Frank Bonkowski

Bei uns im Norden sagt man, dass erst Sturm ist, wenn die Schafe keine Locken mehr haben. An diesem eiskalten, verregneten dunklen Abend, Ende Dezember, als Mirjam hochschwanger vor dem Maritim Hotel in Timmendorf zusammenbrach, war fast Sturm.

Dabei begann diese Geschichte eigentlich ganz normal, geradezu romantisch. Eine Liebesgeschichte halt.

Vor fast genau einem Jahr, nach dem Heiligabendgottesdienst, hatte Joel seine Mirjam zur Familienweihnachtsfeier der Christensens mitgebracht und stolz der Familie vorgestellt. Dr. Christensen war Pfarrer der ehrwürdigen Christkirche in Rendsburg und die Familie gab an diesem Abend traditionell einen Empfang.

Nach drei Predigten hatte er endlich seinen Talar ausgezogen, die Gäste zusammengerufen, sein Sektglas erhoben und allen eine frohe Weihnacht und viel Freude bei der Feier gewünscht.

Nun standen sie da, nur im engsten Familienkreis: Mama, Papa, Joels Brüder Niels und Geritt, seine

Schwester Rieke und natürlich, ganz aufgeregt und wunderschön, seine Mirjam. „Du wolltest uns also eine ganz besondere Person vorstellen, Joel", lächelte Hans Christensen freundlich.

Joel war so aufgeregt. Er war der einzige der Geschwister, der das Abitur nicht geschafft hatte und nun eine Lehre als Zimmermann begonnen hatte. Aber dafür war er der erste, der eine Freundin in die Familie brachte.

„Ich möchte euch meine Freundin Mirjam vorstellen", lächelte er nervös. Wir haben uns in der Jugendgruppe der Gemeinde kennengelernt und sie ist seit ein paar Monaten meine Freundin."

Alle Blicke hatten sich zunächst auf die schüchterne Mirjam gerichtet und dann von ihr auf Hans, den Vater. Damals galt das Wort des Vaters viel und seine Reaktion würde jetzt entscheidend sein.

Der Pfarrer lächelte: „Das ist aber eine schöne Überraschung, dass gerade unser Joel es geschafft hat, unsere Familie mit so einer hübschen jungen Damen zu bereichern. Herzlich Willkommen bei den Christensen, Mirjam. Wir freuen uns darauf dich näher kennenzulernen."

Joel war so stolz in diesem Moment. Ihm war es immer peinlich gewesen, dass die anderen Geschwister scheinbar alle klüger waren als er. Irgendwie fühlte er sich in der Hierarchie immer ganz unten, obwohl das natürlich niemand so ausgesprochen hätte. Aber er, mit seinen gerade mal 18 Jahren, hatte als einziger eine Freundin, obwohl er der Jüngste war.

Als sie an diesem Heiligen Abend gemütlich ihre Shrimps knabberten, hatte Hans Christensen sich viel Zeit für Mirjam genommen. Sie war gerade erst 16 und würde im kommenden Sommer ihren Realschulbschluss machen. Danach vielleicht eine Ausbildung zur Krankenschwester. Natürlich waren auch in ihrer Familie Lutheraner und sie war in der Christkirche, bei einem Kollegen von Hans Christensen, bei Pfarrer Bruns, konfirmiert worden. Alles wichtige Fragen, die bei so einem ersten Treffen geklärt werden mussten. Jedenfalls aus Sicht von Pfarrer Christensen.

„Ich glaub dein Vater mag mich", hatte sie erleichtert gesagt, als Joel sie kurz nach Mitternacht mit seinem alten Fiat Panda nach Hause fuhr und ihr einen Gute-Nacht-Kuss gegeben hatte. „Ich hatte mir solche Sorgen gemacht als du erzählt hast, wie strikt und konservativ deine Familie ist." „Du hast einen tollen Eindruck gemacht", grinste Joel. Papa hätte uns fast auf der Stelle verheiratet." „Aber dafür bin ich doch noch viel zu klein", lächelte Mirjam mit gespielter Entrüstung, bevor sie aus dem Auto sprang und in ihrem Elternhaus verschwand. „Danke für den schönen Abend. Frohe Weihnachten."

Draußen Bleiben

Sie hatte ihm noch einen Luftkuss zugeworfen und Joel schwebte auf Wolke 7, als er kurz vor 1 Uhr nachts vor dem Pfarrhaus parkte.

Die nächsten Wochen waren wunderschön. Sogar zum jährlichen Familienskiurlaub durfte Mirjam mitkommen. Die Familie hatte zwar darauf bestanden, dass seine Freundin im Zimmer seiner Schwester Rieke übernachtete, aber das hatte Joel auch nicht anders erwartet.

Ostern trafen sich sogar beide Familien zum gemeinsamen Lachsessen im Pfarrgarten. Eins ganz besonderer Moment für Mirjam Familie, die aus etwas einfacheren Verhältnissen kam.

Es hätte wohl ewig so perfekt weiterlaufen können, wenn ihnen da nicht dieser vermeintliche Fauxpas passiert wäre. Sie hatten gar nicht geplant miteinander zu schlafen und deswegen natürlich auch nicht an Verhütung gedacht. Unter Tränen hatte sie es ihren, Mirjams Eltern gebeichtet und das war der leichtere Teil. Man muss dazu sagen, dass es damals bei uns im Norden noch eine Zeit war, in der man sehr darauf achtete, ,was denn die Leute sagen würden'. Und da hatte ein angesehener Pfarrer natürlich mehr zu verlieren.

„Aber deine Familie ist doch so gläubig", hatte sie, auf der kurzen Autofahrt zu den Christensens, hoffnungsvoll gesagt. „Christen glauben doch das Vergebung und Nächstenliebe wichtig sind. Vielleicht reagieren die viel liebevoller, als du denkst." Joel war da eher gedämpfter Hoffnung: „Schauen wir mal!"

Der Gottesdienst schien ewig zu dauern, die Kirchenbank irgendwie härter als sonst. Das gemeinsame Mittagessen, sie schoben die Karotten auf ihrem Teller hin und her und es war schwer zu schlucken. Nach dem Nachtisch hatte Joel geplant, es einfach zu beichten. Da war Papa immer am entspanntesten.

Heute schien er besonders fröhlich. Nachdem er den

letzten Bissen seines Wildbratens in den Mund geschoben hatte, lächelte Hans geheimnisvoll: „Eure Mutter und ich haben eine Überraschung für euch. Gleich nach dem Dessert erzähle ich euch etwas sehr Schönes. Gerade du wirst dich sehr freuen, Joel."

Aber Joel freute sich in diesem Moment überhaupt nicht. Jetzt würde es noch länger dauern, bis er endlich beichten konnte. Ihm war richtig schlecht vor Aufregung.

Nach dem Birnenkompott war es dann endlich soweit. „Ihr werdet euch so freuen. Joel, dein Patenonkel Fiete hat seine Forschungsarbeiten in Südafrika endlich abgeschlossen und wird Weihnachten mit seiner Familie bei uns verbringen. Wir haben schon ein Hotel in Timmendorf gemietet, werden direkt nach den Heiligabendgottesdiensten dorthin fahren und mit der erweiterten Familie zusammen die Weihnachtstage verbringen."

Sofort redeten alle fröhlich und gleichzeitig durcheinander. Joels Patenonkel Fiete war der Sonnenschein der Familie und Weihnachten mit ihm würde es fantastisch sein. Alle am Tisch brachten irgendwie gleichzeitig ihre Vorfreude zum Ausdruck. Nur Joel und Mirjam schwiegen.

„Was ist denn los?", sah ihn schließlich erstaunt der Vater an. „Ich dachte gerade du würdest dich am allermeisten freuen, Joel."

Joel schossen die Tränen in die Augen, er schämte sich so sehr. „Wir sind schwanger", brach es plötzlich aus ihm raus. „Wir wollten das nicht, es tut mir so leid.

Ich kann verstehen, wenn ihr jetzt alles sauer auf uns seid."

Dann begannen Mirjam und Joel laut zu schluchzen, während fünf Augenpaare sie ungläubig anstarrten.

Die Abfuhr die Joels Papa ihnen danach erteilte und die spitzen Bemerkungen seiner Geschwister bekamen sie gar nicht richtig mit. Auf jeden Fall herrschte seitdem Eiszeit und natürlich waren die beiden für die Familienfeier ausgeladen.

So saßen die beiden, Mirjam inzwischen hochschwanger, nach dem Heiligabendgottesdienst zu zweit in seinem Elternhaus. Die Familie war längst auf dem Weg nach Timmendorf und er hatte sich entschlossen Mirjam ein bisschen zu verwöhnen. Er hatte ihre Lieblingssnacks eingekauft, schwangere Frauen essen aber auch komisches Zeug. Sogar ein Video mit einer romantischen Komödie hatte er besorgt.

„Endlich haben wir mal sturmfrei!", hatte Joel gesagt, aber Mirjam wusste, dass er jetzt am liebsten ganz woanders wäre und das tat ihr so leid.

„Wie lange fährt man eigentlich von hier zum Timmendorf Strand?" „So anderthalb Stunden, warum?"

„Weil ich will, dass du mich da jetzt hinfährst!" „Es ist gleich 22:00 und du weißt wie unbequem mein Fiat Panda ist. Die Heizung funktioniert auch nicht richtig."

Aber wenn Mirjam sich etwas in den Kopf gesetzt hatte, war mit ihr nicht zu argumentieren.

So saßen sie um kurz nach 23:00 in seinem kalten Panda. „Nur noch 20 Kilometer. Wir sind gleich in Scharbeutz." Er blickte verliebt zu ihr rüber und schluchzte als er sah, wie sie, kugelrund, versuchte es sich auf dem unbequemen Beifahrersitz irgendwie halbwegs gemütlich zu machen.

„Wir gehören zu den Christensens", hatte er den Sicherheitsleuten zugerufen und die hatten ihn direkt in die Tiefgarage fahren lassen.

Die Familienfeier war in einem Restaurant in der 12. Etage noch voll in Gange. Sie konnten die Musik hören. Durch eine Glastür hatte er sogar kurz das Gesicht seines Vaters gesehen, der mit einem Kellner sprach und dabei mit dem Kopf schüttelte.

Wenig später kam dieser zu ihnen nach draußen und schüttelte ebenfalls den Kopf. „Es tut mir leid, ich habe Anweisungen sie hier nicht hereinzulassen. Sie sind hier nicht erwünscht."

„Es tut mir so leid", hatte sie geweint. „Nur weil du trotz allem zu mir und unserem Kind stehst, bist du hier nicht erwünscht."

Und so kam es, dass Mirjam in dieser bitterkalten Nacht in der zugigen Tiefgarage des Maritim Hotels zusammenbrach und mit Hilfe eines Notarztes in Joels Fiat Panda ein gesunder Junge zur Welt gebracht wurde, für den sich in dieser Nacht, außer Mirjam und Joel und vielleicht Gott, niemand zu interessieren schien.

Warnhinweis: Folgende Geschichte ist nichts für schwache Nerven und Fans von kitschig-schmusigen Weihnachtsgeschichten ...

... aber gut! ☺ *(Anmerkung von Trio Infernale Mitglied Thomas Klappstein)*

SCHWARZE ZOOMNACHTEN
von Mickey Wiese

Mehrere Bildschirme blinkten bunt rund um den gedeckten Tisch herum in dem herrlich geschmückten großen Saal. Fast so wie in den vergangenen Jahren, dachte der alte Mann am Kopfende der Tafel, bevor er seufzend die unnatürliche Stille bemerkte, weil er ja alle Teilnehmer der ZOOM-Konferenz stumm geschaltet hatte. Aber selbst bei eingeschalteten Mikrophonen wäre es an diesem Festabend wohl lange nicht so laut und lebendig wie in den vergangenen Jahren zugegangen, als die Menschen noch leibhaftig zusammenkommen konnten. Aber das waren jetzt nur noch blasse und teilweise auch unliebsame Erinnerungen an die aufregende Zeit, bevor der globale Schrecken an die Tür des Lebens geklopft hatte.

Die Black Friday Seuche, auch BFS-30 genannt, hatte die Welt jetzt schon seit geraumer Zeit im Würgegriff und stellte altbewährte Strukturen vollständig auf den Kopf. Wenn der alte Mann an die wirtschaftlichen und politischen Verwerfungen der letzten Zeit dachte, stockte ihm schier der Atem. Nicht wenige betrachteten die Situation deswegen gar als göttliches Strafgericht. Andere sahen darin eine Chance zur Veränderung. Natürlich gab es eben wie in jeder Finsternis auch positive Aspekte. Heute Nacht waren zum Beispiel Menschen seiner Einladung gefolgt, die von so weit her waren, dass sie normalerweise die lange beschwerliche Anreise gar nicht auf sich genommen hätten. Am unteren Rand ihrer Profilkacheln hatten sie ihren Namen und den Ort ihrer Herkunft geschrieben. Zufrieden nahm der alte Mann, H. Rhodes, das weltumspannende Ausmaß seines Konzerns wahr. Er musste bei dem Gedanken versonnen lächeln, dass selbst einer seiner ausländischen Konkurrenten bewundernd angemerkt hatte, dass die Ausmaße seines Einflusses ja geradezu „katholisch" seien, wie man in dessen Heimat Griechenland zu „weltumspannend" sagte.

H. Rhodes entschied sich den Abend zu eröffnen und der Jahreszeit entsprechende Musik zu spielen. Er teilte seinen Bildschirm und spielte den Gästen das Video „Leise rieselt der Schnee" von Panzerballett vor, aus dem Album „X-Mas Death Jazz" (Nachzuhören unter https://youtu.be/ZLRnxo9uTEA). Während die Musik spielte, ließ er den Blick über die festliche Tafel gleiten, die schon ein wenig merkwürdig war. Vor jedem Bildschirm stand ein leeres Gedeck und eine ebenfalls leere Flasche Wein. Das erlesene Menü des Abends und die dazu passenden Getränke hatte er bereits am Nachmittag an jeden Gast in der ganzen Welt ausliefern lassen, so dass sie gleich trotz allem den Schein von Gemeinsamkeit aufrechterhalten konnten.

Ein wenig ärgerte er sich allerdings, dass noch nicht alle Verbindungen zustande gekommen waren. Bei der Verbindung in die Flüchtlingsunterkunft rotierte noch der ewige Kreis und es war lediglich zu lesen „Eine Verbindung wird aufgebaut". Dabei hatte er seine Leute extra angewiesen das dortige WLAN zu verstärken. Zwar waren ihm die die Flüchtlinge im Grunde genommen egal, aber seine PR-Abteilung hatte ihm dazu geraten diese Menschen aus Imagegründen einzuladen. Es war eine Arbeiterfamilie aus einer seiner abgewickelten Schreinereien, die nun zurück in den Ausbildungsbetrieb des Mannes umgesiedelt werden sollten. Und dabei waren sie versehentlich in dem Flüchtlingslager gestrandet. Die junge Frau war hochschwanger. Und aufgrund von Gerüchten über angeblich ungeklärte Vaterschaftsverhältnisse war sie in dem Lager erheblichem Slutshaming ausgesetzt. Bei der Auslieferung des Essens hatte sie seien Leuten am Nachmittag ihr Leid geklagt. H. Rhodes persönlich fand zwar, dass sie nicht so jammern sollte, weil sie ihre Umstände sicherlich selbst verschuldet hatte. Aber in diesen unruhigen Zeiten stand ein wenig Mildtätigkeit eben jedem Konzern gut zu Gesicht. Das hatten ihm die PR-Leute jedenfalls beständig vorgebetet. Wenn das nun nicht klappen sollte, dann würden direkt nach den Feiertagen einige Köpfe rollen, nahm er sich vor.

Drei weitere ZOOM-Zugänge kamen aus der Intensiv-Station des Krankenhauses. Diese drei ausländischen Astrovirologen wollte er ganz besonders im Auge behalten, nachdem sie ihm bereits vor einiger Zeit beunruhigende Informationen über bevorstehende Mutationen von BFS-30 hatten zukommen lassen. Seine interne Informationsabteilung vermutete allerdings, dass es sich um Bioterrorismus handeln könnte, um speziell seine Firmen zu destabilisieren.

Zumindest hatte Melchior, dessen hebräischer Name „König des Lichts" bedeutete, von einem kommenden jungen Black-Friday-Aktivisten gesprochen, der in den Wirren der Seuchenfolgen mit seinen spirituellen Anhängern die Mächtigen in einer sogenannten Weihe-Nacht vom Thron stoßen würde.

Balthasar, dessen Name aus dem Assyrischen heraus „Gott schütze den König" bedeutete, erschien ihm noch der Vernünftigste des Trios zu sein, da er in seinen Reden auch mal vor den Unruhen warnte, die solch ein schneller Umsturz der Verhältnisse mit sich bringen

würde. Mit ihm würde er in Zukunft enger zusammen-
arbeiten müssen, nahm sich H. Rhodes vor.

Der Gefährlichste der drei aber war sicherlich dieser
Wahl-Iraner Caspar, ein Exil-Afrikaner mit schwarzer
Hautfarbe, dessen Name „Hüter des Schatzes" bedeutete. Er schien den Schlüssel zu Geheiminformationen zu
besitzen, wie man die tödlichen Auswirkungen der BFS-
30-Mutationen aufhalten konnte. Und die musste H.
Rhodes unbedingt in die Finger bekommen, wenn er seine Stellung zum Wohl der Menschheit behalten wollte.

Melchior, Balthasar und Caspar waren auf den ZOOM-
Kacheln in ihren Intensivbetten zu sehen. Sie wurden
beatmet. Selbst schuld, dachte H. Rhodes, dass sie sich
mit BFS-30 infiziert hatten. Was mussten sie auch überall ihre Nasen reinstecken. Sie konnten zwar nicht mehr
an der abendlichen Konversation teilnehmen, aber sie
sollten ruhig zuhören, wenn die anderen Gäste von
seiner Mildtätigkeit berichteten. Und an ihren Blicken
sah man, dass sie tatsächlich dankbar waren, an diesem
Abend nicht allein sein zu müssen. Diese ahnungslo-
sen Wirrköpfe wussten noch nicht, dass er seine Special
Forces bereits auf den Weg geschickt hatte, um sie einem peinlichen Verhör zu unterziehen. Dafür würde er
zum Nachtisch die ganze Gesellschaft in Breakout-Ses-
sions aufteilen, damit niemand etwas davon mitbekam.

Doch dummerweise wussten die drei Astrovirologen am Ende der Befragung tatsächlich nichts oder sie

wollten es nicht sagen. Bedauerlicherweise war Caspar während der Befragung sowohl der vielversprechendste als auch der sturste Kandidat gewesen. Leider war es deswegen auch zu Problemen gekommen als seine Special Forces ihm zu sehr den Schlüssel hatten entreißen wollen. Einer seiner Beamten hatte den Schlauch zu lange zugedrückt und Caspar starb, ohne auch nur das kleinste bisschen preisgegeben zu haben. Wenigstens hatten die anderen beiden angedeutet, dass es doch nicht um Bioterrorismus ging, sondern um eine neue Ideologie, die unter den Flüchtlingen geboren wurde. Wahrscheinlich wollten sie ihre Kinder damit gezielt indoktrinieren und der alten Ordnung damit die Zukunft stehlen. Da war seine Idee doch naheliegend, einfach alle Kinder, der in Frage kommenden Flüchtlingslager, umbringen zu lassen. Für den Erhalt der Zukunft war es ja wohl eine gottgefällige Milchmädchenrechnung, einige Wenige dem Wohl der Vielen zu opfern, damit die Machtverhältnisse stabil blieben, die die Welt gerade in einer solchen Krisenzeit auf Kurs hielten. Und so geschah es.

H. Rhodes freute sich noch darüber, dass er die Gefahr für seinen im Grunde genommen doch philantropischen Machteinfluss in der Welt gerade noch hatte abwenden können, als er von den erfolgreichen Säuberungsaktionen seiner Truppen auf seinem Handy las. Da flimmerte plötzlich die Luft in seinem leeren Festsaal. Einige furchterregende geflügelte Wesen standen ihm in eindeutiger Pose gegenüber. Und als er in der Mitte der schwarzen Engel den getöteten Caspar erblickte, wurde ihm sofort klar, dass es sich bei diesen Wesen nur um Würgeengel handeln konnte, die Special Forces des Allmächtigen, die schon seinerzeit bei seinem ägyptischen Amtskollegen zum Einsatz gekommen waren.

In diesem Augenblick schlugen alle Uhren 12. Die Zeit war erfüllt. Alle Teilnehmer des ZOOMnachten-Meetings wurden in den Hauptraum zurückgeleitet. Und jetzt wurden auch die Verbindungen in die Flüchtlingsunterkunft und eine weitere unbekannte Verbindung, die bislang dunkel gewesen war, plötzlich hell. Die junge Arbeiterfamilie sah man mit dem Neugeborenen, das seine Special Forces offensichtlich nicht gefunden hatten, an einem Grenzübergang zu Ägypten stehen. Das firmeneigene Tablet hatten sie natürlich mitgehen lassen. Und in der anderen Kachel sah man eine große Menge weiterer geflügelter Wesen. Diese Engel waren dicht vor der Kamera zusammengedrängt. Sie trugen dabei weder Masken, noch hielten sie den vorgeschriebenen Abstand zueinander ein. Sie durften die Corona-Regeln ja auch missachten, weil sie sich als himmlische Wesen nicht infizieren konnten. Und zu allem Überfluss begannen sie dann auch noch ein beunruhigendes Lied zu singen:

„All Gods matter, die einen so, die anderen anders.
Die Mächtigen stürzt Gott nun vom Thron.
Die Unterdrückten werden erhöht
und Flüchtlinge finden bei ihm eine neue Heimat.

Mit einer Weihe-Nacht beginnt's,
mit einem Black Friday geht es weiter.
Das ist der göttliche Plan seit Ewigkeiten,
der den Menschen von alters her
auf vielfältige Weise versprochen war.
Jetzt löst er es ein."

„Du lagst gar nicht so falsch, H. Rhodes.", sprach ihn nun Caspar in der Mitte der Würgengel stehend an, „Das Alte muss tatsächlich in der geweihten Nacht sterben, damit Neues geboren werden kann." Die Würgeengel machten dabei einen weiteren Schritt auf H. Rhodes zu. „Ich hätte nicht gedacht, dass es so enden würde.", sagte dieser.

„Enden?", Caspar runzelte die Stirn, „Nein, H. Rhodes, deine Reise endet hier nicht. Du wirst zwar als Mächtiger vom Thron gestoßen, das ist wahr. Aber der Tod ist nur ein weiterer Weg, den wir alle gehen müssen. Das ist übrigens der Schlüssel zum Geheimnis des Lebens, den du mir entreißen wolltest. Der graue Regenvorhang dieser Welt rollt am Black Friday zurück und alles verwandelt sich in silbernes Glas, und dann sieht man es." Caspar stockte und blickte verträumt in eine unsichtbare Realität. „Was denn, Caspar? Was werden wir sehen?"

„Weiße Ufer und darüber hinaus ein weit grünes Land unter einem schnellen Sonnenaufgang für alle Menschen." antworteten die Engel nun an Caspars Stelle. „Nun, das scheint gar nicht so schlimm zu sein, wie ich dachte.", konnte H. Rhodes gerade noch sagen, während die himmlischen Special Forces ihren Auftrag erledigten und H. Rhodes die Luft abdrückten.

„Nein, nein, das ist es nicht.", lächelte Caspar hoffnungsvoll, nahm die Seele von H. Rhodes an die Hand und ging mit ihm zusammen in den Tunnel aus Licht, den jenzeitigen Landen entgegen.

Die zurückbleibenden weltweiten Gäste des ZOOM-nachten-Meetings waren immer noch ehrfürchtig erstarrt, manche auch zutiefst erschrocken über diese Zukunftsaussichten, als die Band Großstadtgeflüster den voreingestellten Rausschmeißer des Abends sangen:

„Hier hinter all den Bergen aus verbrannter Erde
ist die bright side of life.
Hier wächst mein Gras über euch.
Soll eure Welt doch untergehen,
solange ich nicht drunter steh'.
Ich mal' den Teufel nicht an die Wand,
ich lass' ihn für mich kochen ...
(Nachzuhören unter https://youtu.be/kPMRkQK2szI)."

In der Zeit nach diesem einschneidenden Erlebnis wurde auf der ganzen Welt immer wieder darüber diskutiert, wie man diese Ereignisse um den Tod von Caspar und H. Rhodes und die Geburt des jungen Black-Friday-Aktivisten einzuschätzen hatte. Und besonders Dr. Lukas vom RKI, dem römisch-katholischen Informationsservice, gab in den ersten Folgejahren immer wieder Statements bei Pressekonferenzen, die vielen sehr eindrücklich zur Orientierung dienten. Dr. Lukas wies darauf hin, dass Gott schlussendlich uns allen vergeben will, weil seine Barmherzigkeit so groß ist. Aus der Höhe wäre bei diesem ZOOMnachten das helle Morgenlicht zu uns gekommen, der verheißene Retter. Dieses Licht würde allen Menschen leuchten, die in der Finsternis der Black-Friday-Seuche und der Todesfurcht leben und es würde uns alle gemeinsam auf den Weg des Friedens führen. (Lk 1,52+78+79)

EIN WEIHNACHTSWUNDER
IN HERAUSFORDERNDEN ZEITEN

von Thomas Klappstein

„It's beginning to look a lot like Christmas" ... Leise summt Ray diesen Klassiker des englischsprachigen Weihnachtsliederkanons vor sich hin. „Es beginnt wieder sehr nach Weihnachten auszusehen...". Dabei wundert er sich ein wenig, daß ihm dieses stimmungsvolle Lied, mit dem er seit seiner Kindheit schöne Momente verbindet, in den Sinn kommt. Denn nach Weihnachten und adventlich-weihnachtlicher Stimmung ist ihm eigentlich so gar nicht zumute. Vielleicht liegt es an dem leichten Schneetreiben draußen und die dadurch ausgelösten Reflexe.

Diese Adventszeit hat sich Ray wahrlich anders vorgestellt. Das er dieses Jahr in einer völlig veränderten Lebenssituation Weihnachten erleben wird, das war im letzten Jahr im Dezember überhaupt nicht absehbar. Und nun sitzt Ray heute, am 3.Adventsonntag, alleine in seiner Wohnung. Mit dem alten Koffer voller Weihnachtsschmuck den er trotzdem hervorgeholt hat. Jetzt ist eigentlich die Zeit, in der er und seine Frau Frauke ihren Weihnachtsbaum schmücken würden. Mit all dem kunstvollen und kitschigen Baumbehang, den sie in den letzten 25 Jahren gemeinsam zusammengetragen haben und zwischen den Weihnachtsfesten in einem alten, ausrangierten Koffer auf dem Dachboden lagern. Und der ihren Weihnachtsbaum so individuell und persönlich machte, dass er alle Menschen, die in dieser Zeit des Jahres ihre Wohnung betraten, mit einem erstaunten Lächeln im Gesicht für einen Moment innehalten ließ. Ray ist Amerikaner und in seiner Heimat stellt man anstelle eines Adventskranzes den Weihnachtsbaum häufig schon zu Beginn der Adventszeit auf. So hat man länger etwas davon und er bringt schon einmal zusätzlich Licht und weihnachtliches Feeling in diese dunkle Jahreszeit. So hat er es Frauke erklärt und es gefiel ihr.

Frauke aber mochte von der Tradition des Adventskranzes nicht lassen. Auch Ray gefiel diese deutsche Tradition. Aber gleich von Anfang an Adventskranz und geschmückter Tannenbaum behagte Frauke nicht so wirklich. Und so einigten sie sich darauf, den Weihnachtsbaum erst nach der Hälfte der Adventszeit, um den dritten Advent herum aufzustellen und gemeinsam zu schmücken. Aber dieses Jahr ist so ganz anders.

Vor etwas mehr als 25 Jahren hatte Ray seine Frauke auf der griechischen Mittelmeerinsel Kreta kennengelernt, die damals ihren Sommerurlaub hier verbrachte. Sie sah wirklich gut und attraktiv aus. Ihr schwarzes Haar passte toll zu ihrer von der Sonne schon gebräunten

Haut. Ray selbst war ausgestiegen aus einem fordernden Managerjob, wollte nicht mehr in den USA leben und fand Kreta passend für sich, das er bei einer seiner vielen früheren Reisen kennengelernt hatte. Hier lebte er seit zwei Jahren in einem kleinen Fischerdorf namens Georgioupolis, fast direkt am Strand, als Frauke ihm in seiner Stammtaverne Mythos am Marktplatz des Ortes das erste Mal begegnete und sofort auffiel. Frauke blickte sich damals suchend um. Alle Plätze in der Taverne waren besetzt, nur bei Ray war noch ein Platz frei. Er winkte sie zu sich und mit einer einladenden Geste bot er ihr den freien Platz an. Bestellte beim Wirt, den er mittlerweile gut kannte, ein zweites Glas und schenkte Frauke ohne große Worte ein Glas Wein aus seiner Karaffe ein.

Die sprichwörtliche griechische Gastfreundschaft hatte Ray bereits verinnerlicht. Die beiden kamen sofort ins Gespräch. Beide fanden sich schnell sympathisch. Es wurde dunkel über ihr Gespräch und am Ende waren beide die letzten Gäste, die die Taverne verließen. Recht bald war beiden klar, da ist mehr als Sympathie.

Frauke war damals Anfang 30, Ray Anfang 40. Aber man merkte damals und für viele weitere Jahre den Altersunterschied einfach nicht. Für beide war es nicht die erste Beziehung. Aber offensichtlich die Richtige. Als Paar kamen sie unheimlich gut rüber. Wo sie zusammen auftraten, waren sie schnell Mittelpunkt. Sogar geheiratet haben sie. Obwohl sie es beide eigentlich nicht mehr wollten. Und es war gut. Beiden war es dann auch wichtig, in einer besonderen kirchlichen Zeremonie den Segen des guten Gottes für ihre Ehe zugesprochen zu bekommen. Ein befreundeter Pastor aus Fraukes Umfeld machte das möglich. In einer kleinen Kapelle des Fischerdorfes auf Kreta, direkt am Meer, fand diese Zeremonie statt. Papa Vassilis, der griechisch-orthodoxe Priester des Ortes gab sein o. k. die Kapelle zu nutzen und war sogar bei der Zeremonie dabei. Übernahm sogar einen kleinen Part in dem dann quasi ökumenischen Hochzeitsgottesdient. Dem Pastor aus Deutschland finanzierten sie natürlich den Flug und den Aufenthalt. Und auch einige ihrer Freunde ließen es sich nicht nehmen, dabei zu sein. Sie bildeten die Gottesdienstgemeinde. Gefeiert wurde dann anschließend in der Taverna Mythos, in der sich die beiden kennengelernt haben. Ein Tag, an den sich viele, die ihn miterlebt haben, immer wieder gerne erinnerten.

Frauke wollte aber nicht dauernd auf Kreta leben. Hatte in Deutschland einen Job, den sie wirklich gerne machte. Ray war damit einverstanden gemeinsam in Deutschland zu leben, mit der Zusage, so oft wie möglich Zeit auf Kreta zu verbringen. Die letzten Jahre waren es dann tatsächlich nur noch zwei, drei Wochen im Jahr. Ray gefiel Deutschland und die Region, in der Frauke lebte und arbeitete. Mochte die „German Gemütlichkeit" mehr und mehr und besonders ihre gemischte deutsch-amerikanische Advents- und Weihnachtszeittraditionen. Diese wurden richtig zelebriert.
Eigentlich lief alles top. Die Asthma-Erkrankung, die sich allerdings im Laufe der Jahre bei Frauke entwickelte, hatte sie gut im Griff und war medizinisch gut eingestellt. Und ihre Liebe und Zuneigung waren gereift.

Anfang Februar 2020 waren sie, wie all die letzten Jahre, wieder in Österreich zum Skilaufen, in Tirol. In ihrem Lieblingsort Ischgl. Mit allem Zip und Zapp. Am Tag und am Abend. Beim Aprés-Ski legten sie gerne und immer noch eine flotte Sohle aufs Parkett.

Dann die Rückfahrt. Ray fuhr, fühlte sich aber nicht gut. „Habe ich mir wohl eine kleine Erkältung eingefangen", meinte er noch und bat Frauke, für eine Weile das Steuer zu übernehmen. Frauke, die sich noch richtig fit fühlte, fuhr den Rest der Strecke. Zuhause legte sich Ray gleich hin. „Vielleicht doch ein bisschen heftiger, vielleicht doch die Grippe." Doch es wurde auch die nächsten Tage nicht besser.

Dann fing es auch bei Frauke an. Zunächst nicht ganz so heftig, aber das Unwohlsein steigerte sich. Sie fühlte sich schlapp, hatte zu nichts Lust und Energie und dann bemerkte sie auch, dass sie immer öfter nichts riechen und schmecken konnte.

Durch die Medien erfuhren sie dann, dass sich das Corona-Virus, von dem sie nebenbei gehört hatten, schneller verbreitet hatte als zunächst gedacht. Und das gerade Ischgl einer der Hotspots bei der Verbreitung gewesen sein sollte. Die Symptome, die ihre Körper zeigten, passten zu dem neuartigen Virus.

Frauke und Ray meldeten sich bei ihrem gemeinsamen Hausarzt. Der bat sie, das Haus nicht zu verlassen und schickte jemanden vom Gesundheitsamt, der einen Corona Test vornahm. Das Ergebnis bei beiden war positiv. Sie hatten sich infiziert. Ein Schock, denn Frauke gehörte mit ihrer Vorerkrankung zur Hochrisikogruppe, wie sie inzwischen wussten. Ihr Zustand verschlimmerte sich zudem. Fast von Stunde zu Stunde. Ihr Hausarzt, den sie telefonisch kontaktierten, riet Frauke dazu, ein Krankenhaus aufzusuchen. Er würde einen Krankentransportwagen schicken.

Bis zum Eintreffen des Krankenwagens unterhielten sich Frauke und Ray noch. Frauke äußerte, dass ihr klar sei, dass das Leben endlich ist. Einige ihrer gemeinsamen Freunde lebten schließlich schon nicht mehr. Wenn ihr etwas passieren sollte, möchte sie nicht, dass er lange als trauernder Witwer durch die Gegend laufe. Er sei zwar nicht mehr wirklich jung, aber auch noch nicht richtig alt, immer noch attraktiv und ihren Segen für eine neue Partnerin hätte er. Ray tat das ab und sagte, sie solle aufhören damit. In wenigen Wochen sei der Spuk vorbei. Sie könnten im Sommer wieder nach Kreta. Und im nächsten Jahr geht's wieder zum Skilaufen nach Österreich, wo sie entspannt auf diese herausfordernde Zeit zurückblicken werden.

Im Krankenhaus wurde Frauke aber sehr schnell auf die Intensivstation verlegt, fiel kurze Zeit später ins Koma und musste beatmet werden. Ray selbst ging es nach zwei Wochen deutlich besser und ein weiterer Test brachte das Ergebnis, dass er coronavirenfrei ist.

Inzwischen war es kurz vor Ostern, ein sogenannter „Lockdown" war da, das öffentliche Leben auf ein Minimum zurückgefahren und Ray durfte nicht mehr zu

Frauke ins Krankenhaus und auf die Intensivstation. Angeblich zu ihrem Schutz. „Zu welchem Schutz?", fragte er sich. Frauke kämpfte mit ihrem Leben und er durfte ihr nicht beistehen?!? Wer hatte sich so etwas ausgedacht? Ostern schließlich kam die Nachricht, dass seine Frauke es nicht geschafft hat. Ausgerechnet Ostern, am Auferstehungsfest, dachte er. Der Abschied durfte nur in einem kleinen Kreis vor der Friedhofskapelle stattfinden.

Über ein halbes Jahr ist das jetzt her. Der Schmerz sitzt immer noch tief. Die Lücke ist jeden Tag spürbar. Immer wieder hadert er auch mit dem Lebensschöpfer, mit Gott. Klagt ihm in einem Zwiegespräch, in einem Gebet, sein Leid und stellt fest, daß es ihm gut tut und der Schöpfer des Lebens das scheinbar gut aushält.

Aber seit einigen Wochen keimt bei Ray tatsächlich auch öfters der Wunsch auf, wieder eine Partnerin an seiner Seite zu haben. Zum Reden, zum Kuscheln, für Zweisamkeit. Er ist ja tatsächlich noch nicht alt. Gerade einmal Mitte 60.
Doch Ray rief sich zunächst immer wieder zur Raison und sagte sich, das ist noch zu früh, das wäre Frauke gegenüber nicht fair.

Nun sitzt er jedenfalls hier mit dem Tannenbaumschmuck, den beide im Laufe der Jahre gemeinsam angesammelt hatten. Jedes Jahr kam ein neues Teil dazu. Aber auf das Schmücken eines Weihnachtsbaumes hat er so gar keine Lust. Vor allem nicht mit dem Schmuck, bei dem er mit jedem Teil an Frauke erinnert wird. Eine Tanne hat er auch noch gar nicht besorgt. Noch nicht mal einen Adventskranz. Er erinnert sich an Fraukes Worte. Auch das sie sich wünschte, dass er sich eine neue Partnerin sucht, sollte sie vor ihm sterben. Und wenn er ganz ehrlich ist, würde er auch jetzt schon gerne wieder eine Frau an seiner Seite haben. Aber den Baumbehang will er nicht mehr aufhängen. Auch nicht für später aufheben. Aber einfach mit dem Müll entsorgen?

Da fällt ihm etwas ein. Jedes Jahr lässt die Stadt zum Beginn der Adventszeit eine große Tanne auf dem zentralen Platz der Stadt aufstellen, neben dem historischen Brunnen. Nur mit einer Lichterkette versehen. Hier findet ansonsten der traditionelle Weihnachtsmarkt statt. Aber in diesem Jahr ist es den politisch Verantwortlichen aufgrund des Corona Virus zu riskant, den Weihnachtsmarkt stattfinden zu lassen. Weil sich dort aufgrund des Gedränges und Glühweinkonsums notwendige Abstände wohl nicht einhalten ließen und sich so das Virus von Mensch zu Mensch wieder intensiver verbreiten kann. Deshalb wurde der Weihnachtsmarkt schon Mitte Oktober abgesagt. Mit großem Bedauern zwar, aber das sei jetzt einfach nicht zu verantworten, meinte die Bürgermeisterin. Verständnis war nicht bei allen Bewohnern der Stadt vorhanden für diese Entscheidung. Nur die Tanne mit der Lichtergirlande wurde wieder aufgestellt. Denn Weihnachten würde ja nicht ausfallen und zumindest für ein bisschen adventliche Stimmung im Stadtbild sollte so gesorgt werden.

Recht bald kamen pfiffige Bürgerinnen und Bürger auf die Idee eines alternativen Weihnachtsmarktes. Sie stellten Körbe, Koffer oder Kisten mit guterhaltenen Gegenständen, die sie nicht mehr benötigten, um den Brunnen und die Tanne auf dem Marktplatz. Irgendwer nahm sich immer was mit. Einige nutzten es als Tauschbörse. Und es gab auch einige, die sich Dinge, die dort so freigiebig zur Verfügung gestellt wurden, ansonsten gar nicht leisten konnten.

Inzwischen hatte die Stadtverwaltung auch einige Buden aufstellen lassen, aus denen sonst die Händler ihre weihnachtlichen Waren anboten. Damit die Behälter nicht durchnässten und durchweichten, wenn es schneite oder regnete und die Gegenstände nicht dem Dezemberwetter zum Opfer fielen.

Hier will auch Ray seinen Koffer mit dem Weihnachtsschmuck abstellen. Vielleicht kann den Koffer ja auch noch jemand gebrauchen.

Nur die drei Anhänger, die er und Frauke für ihren ersten gemeinsamen Weihnachtsbaum zusammen ausgesucht hatten, einen davon auf Kreta, will er behalten. Die passen dann auch an den Adventskranz, den er sich jetzt doch noch besorgen möchte. Dann nimmt er den Koffer und trägt ihn durch die Straßen, bis er auf dem Marktplatz vor der großen Tanne angekommen ist.

Irgendwie kommt die Tanne ihm jetzt richtig kahl vor, mit der nackten Lichterkette. Und er fragte sich, warum die Stadt zwar Geld für einen Weihnachtsbaum aufbringt, ihn dann aber nicht auch noch vernünftig schmückt. Für einen Moment überlegt er, ihn mit sei-

nem mitgeschleppten Baumbehang selbst zu schmücken. Aber dann hat er eine, wie er findet, amüsante
Idee. Er erinnert sich an einen Zeitungsartikel, in dem
über eine Aktion der Bielefelder Universität in Zusam-
menarbeit mit der Bodelschwinghschen Stiftung Bethel
berichtet wurde. In der Halle der Uni Bielefeld wird jedes Jahr kurz vor der Adventszeit ein großer Christbaum
aufgestellt, behängt mit goldgelben „Wunschsternen", auf
denen die gehandicapten Bewohnerinnen und Bewohner
aus Bethel einen Weihnachtswunsch geschrieben haben.
Studierende, Beschäftigte und Besucherinnen und Besu-
cher der Uni plündern jedes Jahr den Baum und erfüllen
den Weihnachtswunsch eines Menschen mit Handycap,
der von Bethel unterstützt wird bzw. in Bethel lebt. Da
wünscht sich z. B. eine junge Frau eine Begleitung ins
Kino. Eine Wohngruppe freut sich, wenn jemand mit ihr
Weihnachtslieder singt. Ein betagter Senior wünscht sich
einen schönen Weihnachtsbecher und ein paar weiche
Süßigkeiten. Einen Besuch im Tierpark, Besuch zum Tee,
Weihnachtsgeschichten vorlesen, einen weichen Schal
oder, oder, oder ... . Über 1.000 Wünsche werden jedes
Jahr durch die Aktion erfüllt. Und am Ende stellen viele
fest: Beschenkt sind am Ende die Schenkenden wie die
Beschenkten.

Ray schaut sich um, entdeckt einen gelben Stern aus fes-
ter Pappe in einem der Kartons, die bereits dort stehen,
zieht ihn heraus, kramt in seinem Rucksack nach einem
Stift und schreibt in großen Buchstaben auf den Papp-
stern: „Ich wünsche mir eine Frau an meiner Seite". Dann

hängt er den Stern an den Baum am Markplatz, überlegt noch mal, ob er ihn nicht doch wieder abnimmt und ist dann aber doch sehr zufrieden mit seiner Aktion. Den Koffer mit den restlichen Anhängern stellt er in einer der Hütten ab und geht nach Hause.

Zufrieden mit seiner Aktion kehrt er nach Hause zurück. Am nächsten Tag besorgt er dann doch noch einen Adventskranz im Blumenladen um die Ecke. Ausnahmsweise mal einen vordekorierten. Geschmackvoll, wie er findet. Er wundert sich ein bisschen, dass der bisher noch keinen Käufer gefunden hatte. Frauke würde er gefallen und auch, dass er, Ray, sich jetzt nicht total hängen lässt. Der Inhaber des Blumengeschäfts gab ihm sogar 50 % Rabatt, weil ja die Adventszeit schon bald vorbei sei. Ob er sich in diesem Jahr tatsächlich auch noch einen Tannenbaum holen will, weiß er zu dem Zeitpunkt noch nicht.

Zuhause drapiert er die drei ersten gemeinsamen Anhänger von Frauke und ihm zusätzlich in den Adventskranz, putschert noch ein bisschen in der Wohnung rum und fängt an in seinem neuen Buch „Daß einer gestorben ist, heißt nicht, daß einer gelebt hat – Leben vor dem Tod" zu lesen, das er heute in seiner Stammbuchhandlung entdeckt hat. Passt ein bisschen zu seiner aktuellen Lage. Außerdem fiel ihm dort in der Buchhandlung noch das „Weihnachtswunderzeit"-Buch vom „Trio Infernale" ins Auge. Das sei im Jahr zuvor das erste Mal erschienen, so seine Lieblingsverkäuferin im Buchladen, sei sehr speziell und enthalte 12 Kurzgeschichten von drei unterschiedlichen Autoren, die so manch ungewöhnliche Perspektive auf das Weihnachtsgeschehen und seine Auswirkungen geben. Da in dem Moment nur noch zwei Exemplare auf dem Weihnachtsbüchertisch der Buchhandlung lagen, nahm er beide mit. In dieser besonderen Jahreszeit ist es ja immer gut, ein kleines Mitbringsel im Haus zu haben oder für ein spontanes Weihnachtsgeschenk. Er freute sich auch selbst schon darauf, zwischendurch die eine und andere neue weihnachtliche Kurzgeschichte zu lesen.

Am Mittwoch besuchte er einen guten Kumpel und blieb dort bis zum Donnerstagabend. Hier kam dann auch gleich das Zusatzexemplar des Weihnachtskurzgeschichtenbuches zum Einsatz, das er spontan als Gastgeschenk, neben der obligatorischen Flasche griechischen Weins, für seinen Kumpel mitnahm.

Am Donnerstagabend wieder in seiner Wohnung angekommen, zündete er drei Kerzen auf dem Adventskranz an, dachte dabei an Frauke und freute sich, dass er sich doch entschlossen hatte, noch einen Adventskranz zu besorgen. Bei einem schönen Glas Rotwein las er dann schon mal drei der weihnachtlichen Kurzgeschichten des Trio Infernales. Eine von jedem Autor, um schon mal einen Eindruck zu bekommen, was ihn noch erwartet. Zufrieden und müde legte er sich schließlich schlafen.

Als er am Freitagvormittag zum Einkaufen gehen will, denkt er schon gar nicht mehr an den Baum auf dem Brunnenplatz und seinen Stern.

Aber als er an den Platz des mittlerweile alternativen Weihnachtsmarktes in der Stadtmitte kommt, klappt ihm der Unterkiefer runter und er reibt sich die Augen. Der Baum! Er ist fast vollständig behängt. Mit Zetteln und ausgeschnittenen Sternen aus Papier und Pappe. In Gelb, in Rot, Rosa, Grün und Weiß. Einige haben sogar den „Bethlehem-Stern" ausgeschnitten. Andere tatsächlich „Corona-Mund-Nasen-Schutzmasken" drangehängt, die sie mit weihnachtlichen Motiven versehen haben. Auf den Anhängern, den Sternen, den Zetteln und Masken, haben Leute der Stadt ihre Wünsche hinterlassen. Genau wie er auf „seinem Stern", mit dessem Aufhängen er offensichtlich berührt und etwas ausgelöst hat. Und die Wünsche, die hier hinterlassen wurden, ähneln z. T. denen der gemeinsamen Aktion von Bethel und der Uni Bielefeld, von der im Zeitungsartikel die Rede war und der ihn zu seiner Spontan-Aktion inspiriert hat. Aber auch ganz andere waren natürlich dabei. So wie der Wunsch nach Frieden in der Welt z. B..

Unter einige der Wünsche, die hier aufgehängt wurden, haben andere Menschen eine Handynummer notiert und eingeladen, Kontakt mit ihnen aufzunehmen, damit sie den Wunsch erfüllen können.

Das ist ja cool, denkt Ray und schaut sich viele der Zettel an. Immer wieder muss er erstaunt innehalten. Unter zwei Wünsche hat auch er seine Handynummer notiert und eingeladen ihn zu kontaktieren, um den entsprechenden Wunsch zu erfüllen. Und dabei sinniert, das die tollsten Geschenke oft nicht sichtbar sind: besucht werden, Anerkennung erfahren, Miteinander Zeit zu verbringen.

All das bringt Freude und Licht ins Leben.

Dann entdeckt Ray seinen eigenen Stern wieder. In schwarzen Buchstaben hat jemand dazu gesetzt: „Welcher Jahrgang sind Sie? Und wie sehen Sie aus?" Ray stößt einen kleinen Freudenschrei aus, nimmt einen Stift und schreibt: „Ich bin Mitte 60, sehe aber blendend und jünger aus (glauben Sie, ich würde etwas anderes schreiben?)" Dazu malt er einen Smiley , gibt ein drittes Mal seine Handynummer preis und stößt nochmal einen kleinen Freudenschrei aus, weil er innerlich so erregt ist. Viele Menschen stehen um ihn herum, die sich offensichtlich richtig freuen. Einige mit Abstand, andere mit weniger Abstand. „Ist das nicht traumschön?", lächelt ihn eine Frau mit stylischer Pudelmütze an, unter der sich dunkle, leicht grau durchsetzte Locken hervorkräuseln. „Das ist besser und schöner als ein Weihnachtsgeschäftebummel und jeder noch so romantische Weihnachtmarkt.

Das ist ein Weihnachtswunder. Wer das angezettelt hat, muss ein Engel sein. Ein Weihnachtsengel! Und das in dieser krisenhaften Zeit." Ray bemerkt, dass sich aus den Augenwinkeln der Frau kleine Tränen einen Weg über ihre Wangen gesucht haben. Und vielleicht sind sich ja hier auch gerade die richtigen begegnet.

Ray, Ray denkt er, da hast du ja richtig und im wahrsten Sinne des Wortes was an-ge-zettelt. Jetzt bloß nicht rot werden im Gesicht.

Aber er merkt, wie seine Wangen ein bisschen zu glühen anfangen ...

Und hier nun die im „Vorwegwort" angekündigten eigentlichen „Weihnachtswurzeln". Die Weihnachtsgeschichten nach Lukas und Matthäus, aus dem Neuen Testament der Bibel:

DIE WEIHNACHTSGESCHICHTE IM EVANGELIUM NACH LUKAS
(2,1-20)

Es geschah aber in jenen Tagen, dass Kaiser Augustus den Befehl erließ, den ganzen Erdkreis in Steuerlisten einzutragen. Diese Aufzeichnung war die erste; damals war Quirinius Statthalter von Syrien. Da ging jeder in seine Stadt, um sich eintragen zu lassen. So zog auch Josef von der Stadt Nazaret in Galiläa hinauf nach Judäa in die Stadt Davids, die Betlehem heißt; denn er war aus dem Haus und Geschlecht Davids. Er wollte sich eintragen lassen mit Maria, seiner Verlobten, die ein Kind erwartete.

Es geschah, als sie dort waren, da erfüllten sich die Tage, dass sie gebären sollte, und sie gebar ihren Sohn, den Erstgeborenen. Sie wickelte ihn in Windeln und legte ihn in eine Krippe, weil in der Herberge kein Platz für sie war. In dieser Gegend lagerten Hirten auf freiem Feld und hielten Nachtwache bei ihrer Herde. Da trat ein Engel des Herrn zu ihnen und die Herrlichkeit des Herrn umstrahlte sie und sie fürchteten sich sehr. Der Engel sagte zu ihnen: Fürchtet euch nicht, denn siehe, ich verkünde euch eine große Freude, die dem ganzen Volk zuteilwerden soll: Heute ist euch in der Stadt Davids der Retter geboren; er ist der Christus, der Herr.

Und das soll euch als Zeichen dienen: Ihr werdet ein Kind finden, das, in Windeln gewickelt, in einer Krippe liegt. Und plötzlich war bei dem Engel ein großes himmlisches Heer, das Gott lobte und sprach: Ehre sei Gott in der Höhe und Friede auf Erden den Menschen seines Wohlgefallens.

Und es geschah, als die Engel von ihnen in den Himmel zurückgekehrt waren, sagten die Hirten zueinander: Lasst uns nach Betlehem gehen, um das Ereignis zu sehen, das uns der Herr kundgetan hat! So eilten sie hin und fanden Maria und Josef und das Kind, das in der Krippe lag. Als sie es sahen, erzählten sie von dem Wort, das ihnen über dieses Kind gesagt worden war. Und alle, die es hörten, staunten über das, was ihnen von den Hirten erzählt wurde. Maria aber bewahrte alle diese Worte und erwog sie in ihrem Herzen. Die Hirten kehrten zurück, rühmten Gott und priesen ihn für alles, was sie gehört und gesehen hatten, so wie es ihnen gesagt worden war.

(Die Bibel, Neues Testament, Einheitsübersetzung von 2016)

Die Weihnachtsgeschichte im Evangelium nach Matthäus

(2, 1-23)

Als Jesus geboren war in Bethlehem in Judäa zur Zeit des Königs Herodes, siehe, da kamen Weise aus dem Morgenland nach Jerusalem und sprachen: Wo ist der neugeborene König der Juden? Wir haben seinen Stern gesehen im Morgenland und sind gekommen, ihn anzubeten.

Als das der König Herodes hörte, erschrak er und mit ihm ganz Jerusalem, 4und er ließ zusammenkommen alle Hohenpriester und Schriftgelehrten des Volkes und erforschte von ihnen, wo der Christus geboren werden sollte. Und sie sagten ihm: In Bethlehem in Judäa; denn so steht geschrieben durch den Propheten (Mi 5,1): »Und du, Bethlehem im jüdischen Lande, bist keineswegs die kleinste unter den Städten in Juda; denn aus dir wird kommen der Fürst, der mein Volk Israel weiden soll.«

Da rief Herodes die Weisen heimlich zu sich und erkundete genau von ihnen, wann der Stern erschienen wäre, und schickte sie nach Bethlehem und sprach: Zieht hin und forscht fleißig nach dem Kindlein; und wenn ihr's findet, so sagt mir's wieder, dass auch ich komme und es anbete. Als sie nun den König gehört hatten, zogen sie hin. Und siehe, der Stern, den sie im Morgenland gesehen hatten, ging vor ihnen her, bis er über dem Ort stand, wo das Kindlein war. Als sie den Stern sahen, wurden sie hocherfreut und gingen in das Haus und fanden das Kindlein mit Maria, seiner Mutter, und fielen nieder und beteten es an und taten ihre Schätze auf und schenkten ihm Gold, Weihrauch und Myrrhe.

Und Gott befahl ihnen im Traum, nicht wieder zu Herodes zurückzukehren; und sie zogen auf einem andern Weg wieder in ihr Land.

Als sie aber hinweggezogen waren, siehe, da erschien der Engel des Herrn dem Josef im Traum und sprach: Steh auf, nimm das Kindlein und seine Mutter mit dir und flieh nach Ägypten und bleib dort, bis ich dir's sage; denn Herodes hat vor, das Kindlein zu suchen, um es umzubringen.

Da stand er auf und nahm das Kindlein und seine Mutter mit sich bei Nacht und entwich nach Ägypten und blieb dort bis nach dem Tod des Herodes, damit erfüllt würde, was der Herr durch den Propheten gesagt hat, der da spricht (Hos 11,1): »Aus Ägypten habe ich meinen Sohn gerufen.«

Als Herodes nun sah, dass er von den Weisen betrogen war, wurde er sehr zornig und schickte aus und ließ alle Kinder in Bethlehem töten und in der ganzen Gegend, die zweijährig und darunter waren, nach der Zeit, die er von den Weisen genau erkundet hatte. Da wurde erfüllt, was gesagt ist durch den Propheten Jeremia, der da spricht (Jer 31,15): »In Rama hat man ein Geschrei gehört, viel Weinen und Wehklagen; Rahel beweinte ihre Kinder und wollte sich nicht trösten lassen, denn es war aus mit ihnen.«

Als aber Herodes gestorben war, siehe, da erschien der Engel des Herrn dem Josef im Traum in Ägypten und sprach: Steh auf, nimm das Kindlein und seine Mutter mit dir und zieh hin in das Land Israel; sie sind gestorben, die dem Kindlein nach dem Leben getrachtet haben. Da stand er auf und nahm das Kindlein und seine Mutter mit sich und kam in das Land Israel. Als er aber hörte, dass Archelaus in Judäa König war anstatt seines Vaters Herodes, fürchtete er sich, dorthin zu gehen. Und im Traum empfing er Befehl von Gott und zog ins galiläische Land und kam und wohnte in einer Stadt mit Namen Nazareth, damit erfüllt würde, was gesagt ist durch die Propheten: Er soll Nazaräner heißen.

(Die Bibel, Neues Testament, revidierte Lutherübersetzung 1984)

TRIO INFERNALE – Die Autoren

 **FRANK BONKOWSKI,** verheiratet mit Loretta, drei Kinder * Theologische Ausbildung in Deutschland und Kanada * 17 Jahre Jugend- u. Gemeindearbeit sowie Gemeindegründungsarbeit an der kanadischen Westküste (nähe Vancouver, B.C.) * Lebt seit 2005 Jahren wieder in Deutschland, in Bad Segeberg, wo er als Referent, Buchautor und Seminarlehrer arbeitet. War hier auch bis Anfang 2021 als Pastor in Teilzeit angestellt und ist als solcher aktuell in Hamburg tätig. Mehrere Bücher im Brendow Verlag und im Aussaat Verlag der Neukirchener Verlagsgesellschaft. Mehr gibt es auf seinem Blog: „www.untenwieoben.de"

 **THOMAS KLAPPSTEIN,** geboren und aufgewachsen im Großraum Hamburg. Studierter Theologe (ordinierter Pastor im Mülheimer Verband Freikirchlich-Evangelischer Gemeinden – für diesen Delegierter in der ökumenischen Arbeitsgemeinschaft Christlicher Kirchen NRW) und Diplom-Verwaltungswirt. Gelernter Kaufmann. Freiberuflich aktiv als Autor (Herausgeber der „Weihnachtswundernacht-Reihe" im Brendow Verlag und Autor vieler anderer Bücher), Redner (u.a. Hochzeiten sowie Abschied & Trauer – www.zeremonienleiter.eu / Thomas Klappstein), Prediger, Presse- und Öffentlichkeitsarbeiter. Lebt mit seiner Frau Claudia – Sängerin, Musikerin

und Musikpädagogin - in der Nähe der Sechs-Seen-Platte in Duisburg. Gemeinsam haben sie eine Tochter und einen Sohn. Mit Claudia ist er seit 2012 jeweils ab Mitte November zu „Adventlichen Kunstpausen – Lesungen & Musikalische Atempausen" in unterschiedlichsten Locations unterwegs (Kneipen, Kirchen, Kulturlocations, Kleinkunstbühnen, Buchhandlungen, Restaurants etc.). Kontakt, Infomaterial und Buchungen: ThoKla1@gmx.de

 **MICKEY WIESE** ist als patron saint of lost causes ein Fährmann zwischen scheinbar getrennten Welten. Sein ausgeprägtes Charisma der Ambiguitätstoleranz hilft ihm als Event-Pastor (u. a. Hochzeiten), Konfliktberater, Jugendarbeiter und Schriftsteller mehr vom weihnachtlichen Mysterium in die Welt zu tragen. Er ist verheiratet mit Dany und hat 3 Söhne und 2 Enkelchen. Lebt in Frankfurt am Main.
https://www.facebook.com/eventpastor/ oder
http://www.mickeywiese.de